U0949375

火车奔向雪国

Train Travels To The Snow Country

许宇晟 著

火车奔向雪国，执着、决绝
我站在北中国，痴望于铁轨蜿蜒的转弯处
我期待转弯，它充满变数……

中国铁道出版社
CHINA RAILWAY PUBLISHING HOUSE

图书在版编目（CIP）数据

火车奔向雪国 / 许宇晟著 .—北京：中国铁道出版社，2018.1
ISBN 978-7-113-23904-6

Ⅰ．①火… Ⅱ．①许… Ⅲ．①诗集－中国－当代Ⅳ．① I227

中国版本图书馆 CIP 数据核字（2017）第 255191 号

书　　名：**火车奔向雪国**
作　　者：许宇晟　著

责任编辑：王晓罡　奚　源　　　　**电　　话**：（010）51873343
装帧设计：二　马
责任印制：赵星辰

出版发行：中国铁道出版社（100054，北京市西城区右安门西街 8 号）
印　　刷：中煤（北京）印务有限公司
版　　次：2018 年 1 月第 1 版　　2018 年 1 月第 1 次印刷
开　　本：880mm×1230mm　1/32　**印　张**：8　**字　数**：150 千
书　　号：ISBN 978-7-113-23904-6
定　　价：48.00 元

序　言

铁轨和田垄是一回事么？！

雷　茗

比利时画家德尔沃有多幅取材于火车、车站的画作，如《林中火车站》《夜间列车》《孤独》。每一次面对这些画，我总会立刻联想到雅克·巴尔赞在其西方文化史著作《从黎明到衰落》中提及的那个略显拗口的说辞，即所谓的“铁路浪漫情结”。“火车充斥了19世纪的文学，这是飞机在20世纪所没有做到的。”在巴尔赞看来，铁路无疑是一项带来了巨大文化后果的科技发明！凝视着德尔沃的画面，让目光投向那月光下冷冽的站台、扭动的铁轨，我尤其能够感觉到的是：作为文化表征的铁路与其自身所属的西方文化有多么地自洽，而与将乡土当做家园、归宿的中国精神传统又有多么地隔膜……眷恋乡土中国的诗人海子在自杀时之所以选择卧轨这一方式，仔细想来也许并非无缘无故。对乡土中国而言，铁路完全就是一种精神上的异己之物。晚清时的中华帝国在列强的侵略压力下急需引入坚船利炮，但铁路的发展却反而一波三折；中东铁路被视为神州大地上第一条像模像样的铁路，而它实际上竟出于沙皇俄国之手！这诸般史实都让人意识到，文化上的排异反应其实远比我们想象的大得多。

许宇晟从小在齐铁北局宅长大，之后一直在铁路系统工作至今。按理说，秉有如此一份生命经历，铁路题材进入他的诗歌写作应该是一件顺理成章之事。可如果翻阅他早在1993年出版的那本诗集《怅然的笛音》，你便会发现，诗集里有关铁路的篇什真可谓约等于零。在《今夜，让我在梦里做一回远行》这首长诗中，抒情主人公一遍遍地召唤着自己的“至爱亲朋”：肝胆相照的“兄弟”“爱人”“恩师”“妈妈”……而由此去观照许宇晟早期诗作的情感世界，可以说，对亲情、友情、师恩的咏叹曾一度构成了他基本的抒情向度。此情从何而来呢？很显然，它只能来自“天地君亲师”等固有的伦常关系，只能来自田垄上执锄劳作的先人。“写作和种地是一回事么/每每站在地头/我只是哭/我总像是第一次/见识了好庄稼”。当乡土中国的气息如此之深地浸染于心，少年宇晟在写作中为什么与铁路擦肩而过似乎也就不难理解了。除了乡土中国的隔代遗传，同样不容忽略的还有中国精神传统的加持：彼时的宇晟在铁路印刷厂当排字工，吟哦之际，手中具体的“铅字”便有意无意地升华成了轮回往复中“祖国方正的汉字”；向着苦乐年华去追索“前世的前世”，他的另一个“理想自我”也就因此而呼之欲出了，那是“一所印刷作坊里忙碌的匠人”，那是“永远二十一岁”的热血男儿、少年才子！“把长长的围脖向肩后一甩／就迈进了寒气弥漫的谷底”。

先人俱往矣，前世邈难寻。继铁路之后，又有了核弹与手机。继革命之后，又来了新潮和“革命的第二天”。投身在流转的光阴中，宇晟曾一度告别了缪斯女神：“顺着铁路，我逃／抛下诗歌”。但他始料未及的是，生命与文字并不是那么容易就一拍两散的，人到中年，万事未休，以文字为救赎的时刻终究还是降临了——这一次，令读过他早期作品的师友始料未及的则是，当宇晟再一次牵手诗歌，之前与其写作缘悭一面的铁路居然华丽转身，“一不留神”竟充当了他新作里的重量级嘉宾！——

心碎于中东铁路
西伯利亚大雪飘飘
远东暗藏杀气

车轮属于铁道
铁道由火车代表着
广场属于人民
人民由大妈代表着

关于铁路在其新作中的大面积覆盖，最为省事的诠释，无非是将之归因于所谓生活本身的规定性。但虑及那本《怅然的笛音》，如此阐说肯定是太过草率了。人生的行旅有迥异的轨道，人和某个世界的遇合需要别样的机缘。青春已杳，沧桑正好，不知从何时开始，满满漾漾的历史感、现实感乃至命运之感便涌到了眉间心上——“命中的定数／有如洗茶的公道杯／一扬手，空空如也／再思量，覆水难收”“司炉和副司机／拼命地投煤／投得快投得匀／火车才有劲／有劲就能爬坡／爬坡往往是多数人的宿命”——从单纯的“抒情”转换为复杂的“经验”是诗歌写作的关隘所在，而对于宇晟来说，在上述心境下实现这一转换恰恰营构了他书写铁路的契机。个体的经验留在记忆里，公共的经验托庇于历史记录的转述，更进一步，再经由回到现场的行走，比如穿越做为苦寒之地的北中国，比如重逢齐齐哈尔的老榆树和甜杆儿地，一幕幕的场景终于得以从暗黑的隧道中浮现，并进而在宇晟的诗句里烙下了恶狠狠的瘢痕！品读这些与铁轨绞缠着的经验之诗，我觉得我们首先必须认清的是一个坚硬的事实：无论文化上的排异反应有多剧烈，但在被现代性强行介入了100多年后，铁路以及其他曾经的异己之物其实业已成为“中国经验”的一部分。“光阴被拖向远方／高铁占据了版面”，当绿皮车在不经意间化作了怀旧的文艺摆设，当他中年移居的哈尔滨越来越像一座散发出异国情调的混血城市，“中国经验”的非乡土化进程看来已不可逆转。当然，江山易改，禀性难移，细察宇晟对其“中国经验”的深描，我倾向于认定他对中国精神传统的仰赖仍然是初心未泯：德尔沃那私密的、超现实的幽灵之梦与他无关，对待中东铁路这雄鸡冠顶的“一横一竖”，他注定了难以摆脱一个古老民族“天下遭逢危机”的家国情怀。对待铁路与乡土的关系，他所看到的也只能是铁轨和田垄之间此消彼长、敌进我退的角力——

铁路有多长
失去的土地就有多长
排着队的火车站
一口一口咬分着
北中国，这个大苹果

尽管相继刻画了忍辱负重的李鸿章、献身科学的莎莉娃等传奇人物，但真正让他心折的英雄却另有其人。历史烟云里沉浮的老巴夺不过聊充谈资而已，在哈尔滨火车站刺杀了伊藤博文的安重根才堪称能够入其青眼的“好男儿”——

茶能怡情
茶能解忧
但乱世之秋
有谁能解国恨家仇
有谁能解儒将侠心

翻开宇晟的长诗《安重根》，那个我们眺望所及的“背影”，显然乃是一个近现代版、国际化的刺客荆轲！

说到中国精神传统对宇晟的支配，我想在此应予补充的是，相对于中国新诗的主流走向，他的文化选择即使算不上稀有，至少也是非常边缘化的。由于诞生于文化断裂的关口，对欧美现代诗的征用——即欧阳江河所说的“为玉米寻找一粒玫瑰的种子”——基本上已构成新诗的常态。宇晟能够自外于此常态，就我的个人观察而言，在很大程度上与其师承不无瓜葛。齐齐哈尔的乡土诗人李风清、军旅诗人王新弟，也就是宇晟诗中所写的“两位东北硬汉”，在他习诗启蒙阶段起到了关键作用：

他们让他领略了一种别具风骨的美！“铁马汗气蒸腾／书剑同出一炉／男儿无媚骨／方能保万古家邦”。面对“意象”横飞的新诗潮他并未亦步亦趋，其定力端赖于此。如今重审因朦胧诗而普及的“意象”这一诗学概念，倘若仅仅着眼于技术层面，简单地说也无非就是“诗情画意”。但在当时，人们对“画意”的理解确实略嫌狭窄，只有在号称民间写作的口语诗刷新了大家的审美趣味之后，我们才会懂得“画意”的多元性：如果说多多的华彩近于油画的肌理，那么伊沙的反讽是否自带漫画效果呢？由此反观宇晟的诗作，考虑到他曾以成为鲁迅先生的转世弟子作为自己的文学理想，我觉得从那些顿挫的修辞中其实不难发现某种类似于黑白木刻的韵味……与此相应，他的语言节奏则显得促迫、突兀，仿佛掷地能作金石声！看他的句法，无论是“塞北广袤／躲与不躲／风沙依旧”这种斩截的四言句式及“江东江东”等连续顿呼，还是“木椅铁壶爆米花”一类的名词拼接，仔细听起来，几乎都接近于斧凿的击打……

铁轨前进一步，田垄就后退一步。跟着火车一同涌入的，有起源于古希腊的科学，也有俄罗斯人神秘的信仰。关于科学发明、铁路上的技术人员，关于教堂、洗礼，宇晟在作品中均有所涉猎——但就这部分诗作来说，我的总体感觉是，有些诗的艺术感染力似乎尚不充分。在这方面，中国精神传统对他的支配看来多多少少也是带来一丝局限的！对于绵延几千年的传统文化，尤其是在历史走到今天的当下，肯定其重要意义当然没有任何问题，但作为一个私淑的阿克梅主义者，我仍然愿意相信一条私人的偏见：为了向未来敞开，重铸每一种精神传统的前提毕竟还在于“对世界文化的怀念”……

目　录

第一辑　中东铁路

第二辑　北中国

第三辑　编年史

第四辑　车载光阴

第五辑　情之所钟

第六辑　斯　人

第七辑 汉　字

第一辑 中东铁路

有条铁路

一横一竖
雄鸡的冠顶
有条铁路

横竖不是虚幻
横竖都是苦难
横竖引来虎视眈眈

一把匕首
插入龙脊
直指旅顺口

丢失的矿藏
祖国的战乱
无尽的祸端

外溢的权利
黑龙江挡不住
山海关挡不住

烧掉的树木
丢失的麋鹿
换来一江繁华迷雾

一横
一竖
就是中东铁路

密　约

起自暗室
躲着大众
慨然于纸上
希冀于远方

缘自铁路
膨胀的贪念
快如千里一骑
绝尘而至

俄皇的餐桌
五味杂陈
谁敢保证
清史不留污名

阳光渗入
晃人眼目
谁比谁更聪明
谁看不出谁的污浊

电报代码敲醒
祖居的土地
满纸的秘密
改变了火车的方向

苏州码

记账的码
算数的码
八百年前就有的码

曾经很流行的码
现在叫天书的码
苏州码

不好造假的码
小贩巨贾尽识的码
苏州码

总理衙门拍发的码
洋人破不了的码
破不了就开打

打了还要抢
几时回京师呀
那时的太后就等苏州码

签条约听指示
割地赔款多少呀
那时的大臣就等苏州码

飘逸的苏州
蝇头小楷
弯月牙

水润的苏州
西有虎丘塔
北有报恩塔

注：苏州码，晚清朝廷拍发秘密电报时用的密码

尼古拉二世与中东铁路

中东铁路
就像沙皇尼古拉二世
手拿皮鞭
嗖嗖两下
狠狠抽打在
龙兴之地的后脊之上
这两鞭
经年累月
一载成痕
十载入骨
百年成殇

中东铁路
就像尼古拉二世
掷在白纸上的
两滴墨水
他那精致的胡子
一动一动
顺着墨水的流向
猛吹下去
墨水肆无忌惮地
炸了开去

成了一幅别样的
吹墨画

尼古拉二世的手推车
推过了边界
从西伯利亚大铁路
到中东铁路
算计别人久了
常常忽略
自己脚下的路

加冕盛典前
不幸的踩踏
数千人的生命
捱不过
入夜的舞会
可怕的征兆
预示着
不祥的风暴

中东铁路测绘者

世上最可怕的
就是认真二字
俄皇的子民
到邻居家的院子里
挖坑取土，投影画图
北国风光，千里冰封
冻死的勘测者冤不冤

沼泽有丹顶鹤飞舞
湖泊有鱼虾闪跃
决策来自测绘
巨变起自微末
走惯别人家的路
就以为是自家的
沙皇的学者
留下晒靴子的身影
树杈上一只一只
还有人举着伏特加

铁路附属地

撷取历史的碎片
谁还敢提笔
相似的场景
到处重演
跑马圈地的清祖
与中东铁路附属地
相隔几百年

铁路有多长
失去的土地就有多长
排着队的火车站
一口一口咬分着
北中国，这个大苹果
大苹果被高个子咬过
被矮个子咬过
最后，谁都没吃得下

田家烧锅

忆昔大清全盛日
无水患之忧
取上等稻粱
酿醇香之美酒
划地为镇

劫匪打马
来自四面八方
突袭，破败的征兆显现
三十二间房
残存的宅院
敞向三十辆马车
十万卢布的几分之几
八千两银子
买了哈尔滨的前身
前身自当前定
飞鸟惊林
田家烧锅
甩不掉铁轨的影子

费舍尔

圣彼得堡的孤鹰，费舍尔
母亲的好儿子
身强体健
随船卸货而来
比遥远还遥远的地方
叫田家烧锅

勇营的号衣
是水师的行头
水师皆清兵
清兵赶不走
扛着照相机的洋人

费舍尔，摄影师、诗人
吟哦多年的中东铁路
你称作浩大
浩浩荡荡
大大的画册
留下一笔小小的签名

雪　国

雪国在中国，在北中国
贝加尔湖巨大的冰排
不堪一击
千辛万苦赶回故乡
流放的枷锁，想念的是
家乡成片的高粱

呼伦贝尔大草原
没了鹅黄翠绿
人们老所何依
背靠草原，我们退守黑龙江
有时也退守卜奎城
静卧龙沙，隐而不露
古驿路的马匹和粮草
也一并隐去
只留下箭囊、盐和少许干粮

雪国空旷，了无杀机
冬藏是亘古的明示
也可背靠兴安岭
喝烧酒吃鹿肉
等到都柿遍布山野
可能已毫无锐气，心思老朽

雪国在中国，在北中国
雪花飘飘，攻城略池
雪的光芒，剑气灼眼
诗的光芒，慰暖心灵
松鼠在觅食松子
东北虎在追逐雪兔

让我们祝福雪国的人们
爱雪的，让雪永不融化
爱春的，让春风常在

北中国的火车

火车溅着火星儿，火车属火
烧原木的火车
烧原煤的火车
质朴的乡民，见识得早呐

北极圈好大的圈，世界最冷的圈
冰雹的子弹库
让雪花大如席
让北中国无处折梅花

梅花是江南故国
燕山以里的信札
信札是普通的家书
家书是人类最本真的谈吐
谈吐写在纸上
父母皆称大人，大人必须叩拜

火车一身铠甲，火车属金
铸巨大车轮
碾锃亮铁轨
惊醒沉睡的山神

寒流还是起自贝加尔湖
静静的冷是干冷
默默的苦是真苦
苦寒之地，火车在奔跑

奔跑如梅花鹿，鹿茸高高
奔跑如傻傻的狍子，乡邻小哥
火车如书信，飞向北中国
祖国温暖的汉字
夹伴着飘散的雪花
让我想起母亲稀疏的白发

只知清苦度日的母亲呵

松花江上

大豆高粱在健康生长
松花江
如酒，举起酒杯的
是低调的松嫩平原

太阳火红在地平线
火车在庆祝最后的胜利
松花江，北中国的女儿
你揽谁入怀
空中有飞鸟
地上有迷散的牛羊

我的家在东北松花江上
音乐的米酒醉了四周
“爸爸妈妈可重要哩
爸爸妈妈可亲哩”
早晨从中午开始的歌者
做了临终告诫

松花江银色的波浪
可是鱼儿的天堂？
战争在铁路桥上留有弹孔
弹孔是历史的回响

漫山遍野的大豆高粱
山海关之外的回望与祈盼
松花江水忽然裂开
收了无尽的思念与苦难
而后又合上，如蚌

洗礼节

洗礼洗礼
二十三座教堂
钟声齐鸣

出发出发
拥着高冠长袍
披金挂银的主教
举着圣像
向江沿进发

数千名俄罗斯人
围在空旷的松花江上
颂歌飘荡
主显圣的节日
正值我们的大寒时节

大寒与苦行何关
梅花朵朵
不知身在何处
一扇绿色的木栅栏
一架忧郁的风琴
横向江面

冰雕的十字架
晶莹巨大
足以让人敬畏
摆着圣经的桌台
竟也是冰砌而成

哈尔滨最早的冰雕
是洗礼节的器物
神圣而庄严

江面上凿冰
引冰成池
主教把圣像浸入水中
人们纷纷跳入
洗礼洗礼
吃苦算什么
寒冷算什么
洗礼成就了
后来的冬泳

宗教的信仰
锐不可当
昔时的哈尔滨
二十三座教堂
钟声回响

骑马线

中国铁道线
俄罗斯铁道线
全国独有的铁道线
奔着一个方向

我们的火车
骑在准轨上
他们的火车
骑在宽轨上

是不是同道中人
可不可以相互为谋
一个路基
四条铁轨

白色的边防哨
告诉我
钻过隧道
就是国境线

夏天很热闹
草木疯长

溪水潺潺
骑马线阅尽谷底人生

山坳中自有乾坤
旅途尽是弯道
需经弯弯曲曲
才能驶过阴森的洞穴

骑马线与群山为伍
群山以幽静服众
远去的一九零一呵
独留绥芬河这座城池

绥芬河站

绥芬河
蜿蜒于长白山麓
老绥芬河人
怒迁于乌苏里江以东

江东江东
至今思来
多少个江东
血雨腥风不忍相望

中东铁路第五站
绥芬河站
十八个国家涌来
挤爆了小小旗镇

那么多国旗
独缺清廷招摇
依山而建的车站
浮雕闪现

枪炮打过，卢布砸过
英雄路过，商贾穿过
百年口岸
何似三千里以外玉门关

三岔口

不是京剧的三岔口
黑夜打斗
刀上跃跨
大义恩仇

中东铁路开工盛典
选在三岔口
这个小绥芬河右岸的村落
一时不知今夕何夕

全国有多少个三岔口
人们要迷多少回路
相似的炊烟，不同的天
人人心中都有三岔口

锦衣华服，高官相夫
宴席散了
主人还是要收拾桌子
三岔口，岔开了沙皇的指向

海拉尔要塞

大兴安岭之西
呼伦贝尔大草原
最大城池
海拉尔

蓝天白云之下
遍野的坦克
朝着一个方向
进攻进攻

海拉尔要塞
西指满洲里
北望鄂尔古纳
杨树丛内
吐出的火舌最凶猛
这些杨树来自日本
这些树种天生低矮

魔鬼的碉堡
在地下
在地下

地堡固若金汤
地堡空气通畅
阴暗的鬼子
视地堡为天堂

五处主阵地
四处辅阵地
东方马奇诺
真威武

敖包山芳草萋萋
河南台水绕城郭

魔鬼的墓穴
在地下
在地下

海拉尔万人坑

招工
鬼子的招工最坑爹
一块半大洋一天
养家糊口的百姓
就上了车

上车
就回不去了
刺刀就是硬道理
不论山海关以里
不论山海关以外

洋灰袋子做衣服
高粱米粥吃不饱
极寒之地呵
海拉尔

修工程
筑碉堡
做牛做马
还不让你活呵
日本鬼子

要塞完工之日
劳工命绝之时
肩胛骨穿铁丝
成群活埋
集结于山顶
分批枪杀

万人坑
寸草不生
风沙扰冤魂
累累白骨
注定让一些
嘴硬的族群
在梦魇中心惊

望海拉尔站穹顶画

色彩的汪洋
仰望即震撼
额尔古纳山
额尔古纳河
古波斯史集
描述的神奇之地

传说不一定是神话
火烧崖壁，不停歇
崖壁化为铁水
熔铁为路
成就了一个民族的出路

驾着柴车
扶老携幼
走出大兴安岭
迎来了呼伦贝尔大草原

古部落的智囊
定是闪在首领身后
目光深邃的那位老者
老者多经苦难
老者相貌奇崛
出处不详

断　桥

伊敏河上
伊敏桥
那时的河水深
那时的河面广
要围城
伊敏河是最短的径路

苏军和蒙古铁骑
还在路上
十个日本兵
就炸了桥
独留一阙残身

炸毁两端
就是背水之战吗
自断后路
有时也算不上英勇

静静的伊敏河水
流过老桥复新桥
洗练着呼伦贝尔城

意大利石匠

火山多的地方石头多
石头多的地方石匠多
意大利不只盛产足球和皮鞋
意大利还有能工巧匠

古罗马一片辉煌
亚平宁半岛海风阵阵
是谁的起意谁的主意
招来五百名意大利石匠

地中海的温润
怎抵得过极地之寒
任你皮帽热袄
任你竞技场酣

大兴安岭隧道砌石最重要
砌石是苦差
可再苦也苦不过
做苦力的中国人

做工的都是工友
工友起自草莽

草莽多隐忍的勇气
不畏天寒地冻

家乡橄榄漫山
养家是最朴素的担当
剩下的一百五十名石匠
是怎样辗转回的家乡

第二辑 北中国

百年铁路桥上行

钢铁在奔驰
北中国在急行
一百多年不算久
松花江的子侄，滨洲铁路桥

透过脚下的玻璃，枕木的缝隙
看江水横流阳光返照
侧目两旁，全没了回顾的心境
松花江寓意深远
引歌者无数

巨大的灰鸟展翅于大江之上
问候的风在空中巡游
吹走短视的桅杆
不管良木是否已成舟楫
翻身而起还是匍匐向前
皆为宿命

我们都是流人之后，曾漂泊无助
在路上看见或者梦到
钢铁之鸟羽翅扇动
我们没用理由长久地悲伤

百年铁路桥，松花江的子侄
愿走在桥上的春风依旧拂面，
走在桥下的脚踏实地，知晓来路
愿行在他乡的顺利返程
在家的团圆不孤单
愿人们远望大江，风和日暖
心都安然

护桥碉堡

滨洲铁路桥的侧翼
这遗落的战车
铁铸的铭牌
斑驳了江畔的景色

新刷的外墙，证明
粉饰经不住推敲
沉重的铁门
没了血性与霸气

狙击手嚼着列巴
弹药堆在楼层中央
防范也是滑稽的无奈
毕竟不是在自家的院落撒泼

窗口光顾的痕迹
不容置疑，伏在暗处
战车荒废，瞭望的窗口，盯着
滔滔江水环绕桥墩呜咽

悲伤起自远东的季候风
西伯利亚碉堡一路刮来
无语对视，百年流转的光阴
在桥下翻滚，有时也波澜不惊

列车行驶在雪乡

列车行驶在雪乡
前面是牡丹江
松树戴着雪帽
黄房子都是铁路住宅
这里是海林
林海与雪原
直指威虎山

黏人的雪
一驻七个月
雪片如幻梦
一片一片絮盖着
荒草与沟壑
此景不虚

貌似静谧的村庄
还有白茫茫的晒谷场
再凛冽的寒风
也吹不走雪的白
雪白雪白
此景也虚

权谋与侠义
在古典里轮回
奔驰的铁马
卷不起千堆雪
千树万树依旧梨花开
列车行驶在雪乡
谁的童年
只知威虎山

扎兰屯初春

积雪未融
杜鹃花云朵般绽放
山水小城粉红漫野
春风忽来扎兰屯

扎兰屯不是屯
就如石家庄不是庄
扎兰屯很气派
基尔果天池神一样存在
柴河大峡谷飞瀑直下

蒙古铁骑豪气冲天
铁木真幼弟的封地
背靠大兴安岭
挡住些许寒气

初春的榛子林
果实孕自勤劳孕自大地
希望总在前面
我已误了时辰
从现在开始
学习剪枝施肥驱虫
学习谋生

吊　桥

铁索吊起的桥
木头连接的桥
摇摇晃晃的桥
扎兰屯吊桥

沙俄铁路修得高兴
褪去厚厚的皮氅
灵感也变得纤巧
让桥吊起来
凉亭外碧波荡漾

元帅来了
想起长征那座著名的桥
不见壮怀激烈
只见白玉横亘
只见绿柳垂丝

雅鲁河静静地穿桥而过
这多灾多难的北中国
怎么有这么多的河
躲也躲不过

六国饭店

不是北平六国饭店
不是京城太仆寺
没有民国风云
没有谋杀迭起
这里是扎兰屯六国饭店

六国名字大气
却只是一国独揽
古朴的俄式风
吹来红酒雪茄
吹来岁月沧桑

砖垒石砌
铁瓦映鹅黄
院落寂寞
百年老店
驻扎在纯净的蓝天之下

越是边塞
越能留住淳厚
历史常常埋在
曾经的深山老林
风不能入
车不能行

卧牛山上看火车

林海中冲出
蜿蜒而来
满眼绿色
震撼
貌似的谦卑

钢轨的弧度
漂亮的转弯
清新流畅
赶走
伪装的豁达

夕阳西下卧牛山
长蛇逶迤
列车披上金衣
这幻化的金龙
无暇流连
必须出山

小区轮对

火车车轮
擦得油亮
红红的轮对
供人参观

冷冷的铁块有什么
粗粗的车轴有什么
架起的铁轨
承载着车轮的体重

车轮属于铁道
铁道由火车代表着
广场属于人民
人民由大妈代表着

暖阳的午后
畏寒的人们
常去抚摸车轮
车轮外表冰冷
有时也很温暖

中东铁路博物馆

观看成了观瞻
老房子成了博物馆
信号灯表示警醒
玻璃罩表示珍视

道钉紧叼着枕木
枕木浸着沥青的焦灼
砟石铺衬
呈现一段铁路

一节车厢的格局
就是大格局
铁轨中间卧
众人行两侧

古榆在街角候着人们
石头房子红房子
斑驳岁月掩映
一点点清静

地下酒窖

大兴安岭松涛微涌
山麓之南
遗一璞玉小城
小城其实不小

站台转弯处
街灯明了
博物馆广场
藏了地下酒窖

酒中自有乾坤
红酒曾属于沙俄高管
高管指挥中东铁路
高管要享受生活

洞窟适于藏酒
洞窟适于藏匿玄机
地下待久了
上来便恍如隔世

横道河子感怀

一幅遗在
中东铁路边的
水墨画

远眺山峦
淡墨轻岚
近观镇景
倒也气韵融合

古镇经风霜
遍布俄式风情
依山次第的老屋
斜斜的房顶
连着木制的门斗

门斗可以暂避风雪
门斗可以剪掉
严寒的利爪
门斗可以舒缓
暴怒者的心情

作画的人
运笔至此

线条曲折顿挫

不施浓妆重彩
是否能保小镇
福寿绵长

街　灯

这暖色的光
来自铁路小镇
古朴的街灯

这光的分布
山的明部
山的暗部

渲染的物象
层次透着深度
雪地透着扎实

不是所有的街灯
都让人缅怀
一明一暗
谁更有未来

俄罗斯老街

这里的男人喜欢喝烈酒
这里的女人冬天穿裙子
这里的果酒最润喉
这里的列巴最纯正

这里就是横道河子
绥满铁路的花园小镇
穿山越岭是技术活儿
技术不是蛮干
技术要有安稳的后方

后方是抛洒的种子
长出了民居公舍和教堂
商家云集
这张扬的铁路老街
热闹着张广才岭

老街有一百多栋旧宅
老街有说不完的故事
黄墙黑瓦木栅栏
老街揣摩了多少人
幽微的心境

圣母进堂教堂

铁路铺到哪里
教堂就修到哪里
横道河子
圣母进堂教堂

高处望去
一个十字架
平放在高高的台地
背靠山岭余脉

上等红松
采自七里地老林
原木木克楞
庄严而又亲近

老街的尽头
全镇最美的建筑
透过窗棂
阳光环绕圣母像

横道河子机车库

拉开的俄罗斯手风琴
弹奏着怎样的曲调
群山寂寥
独自回响

扇子打开
扇骨硬朗
出库的火车
在扇面上徐行

蒸汽滚滚
十五个库门
十五座城池
藏着火车头

火车头
要有舒适的家
火车头
掌握着前进的方向

俄式木屋

一百多年的木屋
一排五栋
骄傲地立在镇北
镇北风景独好

屋外精美的雕刻
带着初建模样
外挂的浆果
品味着当今时光

光阴被拖向远方
高铁占据了版面
木屋舒服么
冬暖夏凉么

祭祖寻根的俄罗斯后人
围着木屋拍照
一百年了
久是不久

成吉思汗站

一个气派的名字
一个不起眼的小站
成吉思汗

旧时的站舍
有房一间
旧时的站舍
有树参天

只因一代天骄
在此屯兵
就抢注了名号
成吉思汗

再小的车站
也五脏俱全
再小的乡镇
也有人牵念

成吉思汗镇
成吉思汗站
全国
别无分店

高台子站外金刚寺

中东铁路
第 36 号小站
高高的炮台
高台子站

高台子站外
有金刚寺
金刚寺
有很多传说

滔滔洪水
淹过村庄
淹过铁路
却在寺前
停住脚步

高台子站外
金刚寺
旧时茅草屋
今时菩提树

林　口

紧闭的口
是展现沉默的
不屈的口
是展现气节的

林口林口
老爷岭
张广才岭
之间的峡口

先有林口火车站
后有林口县

林口林口
八女投江
殉难之地
乌斯浑河
满语中
凶狠的河呵

林口林口
莲花峰下莲花湖
莲花湖旁雾凇谷

林口林口
你让人们一口认定
女人是历史的明眸

泰来地窨子

鸡鸣三省
沈哈交界的火车站
叫泰来站

泰来产绿豆
泰来产花生
泰来大米能酿酒

九八年发洪水
九八年老百姓
住进了地窨子

挖地三尺
立柱子搭椽子
就成了地窨子

乡亲们朴实着呐
如今地窨子保留了
汲水的井保留了

地窨子在地下
地窨子是
最见得光的房子

碾子山

山上有石头
石头能做碾子
这山叫
碾子山

俄国人修铁路
修到山脚下
起名叫
碾子山前站

碾子山见过大人物
金太祖
在这里挖过界壕
张作霖
在这里造过枪炮

碾子山的碎石多
碎石是用来
垫路基的
路基上面
是要跑火车的

碾子山就一个工厂
华安厂就是碾子山
碾子山就是华安厂
碾子山武装东北军
碾子山武装解放军
碾子山后来发不出工资

日子总会好起来
碾子山下好风光
金长城外人如潮
生活总要过下去
就像长长的雅鲁河
流过碾子山
平静舒缓
波澜不惊

磨刀石站

刀是什么刀
石是什么石
大刀终向谁砍去
安谧的小站
曾经刀光剑影

直插老爷岭
中东铁路第十站
隘口险要
天生的用兵之地
或击鼓或鸣金

鬼子兵真凶猛
两千多人打咱们几百人
重炮飞机装甲车
削平了老头山

铁路工人报信
后路被断
后路就是生路
生路就是突围
突围这事儿
人一辈子能遇几次

如今，炸平的岩石已然疯长
南山仍可磨刀霍霍
为避高铁，平移五里地
知进知退
老站见过大阵仗

车外的红房子

列车缓行，草在慢长
绿油油的是庄稼
红屋顶的是房子
旁边立着铁塔
铁塔来历不详
红房子像是桥头堡
太阳能板，扬着不屈的头

故园春日迟迟，夏也是春
忽闪的人影渐渐小去
寻也寻不见
红房子只留一抹褐红
揣摩两个对立的存在
红房子与铁塔距离好近
近得突兀且张扬
近得草和庄稼
忘记了生长

过双城堡站

雕梁画栋，红柱黄墙
高亭似楼宇，走兽踞檐脊
朱窗微启，一派好气象
房连着房，瓦连着瓦
过了老水塔
过了空空的货运站台
棚车七八辆
吊车站一排
哈尔滨的大雨
淋不到双城堡

此地天高云淡
此地庄稼弥漫
贴着大地，农作物
踏实且肯干
贴着大地，回味逝去的
古典与磨难
磨难往往最令人心颤

雨后彩虹

车过长春，长长的彩虹架在窗外
后退的集装箱好长的一列
高楼阶梯状铺开
电厂烟囱白烟汩汩
彩虹跟着列车走
偶有树林和土坡挡住
也能珍贵地显现

雨珠光临着车窗
迷蒙了一下我的视线
远处黑云集聚
漫过树冠的顶端
白云和蓝天在外围
坐直腰身，我看见了
云的大多数

车进开原站

红砖灰瓦矮墙
站场一尘不染
开原站用一片肃静告诉我
列车是在南行
松树林将成为稀罕物

南行也是在北中国
一会儿是沈阳
几小时后是山海关
那里樱桃盛行
甜甜的名叫灯笼

开原让我想起小时候
家里的墙画和油纸伞
黄昏将至，雨歇树静
绿皮车内南腔北调
车外，铁岭正向我们跑来

后　退

后退后退，坐在
运行的反方向，觉得
北中国怎么都是树呵
偶有枯木，闪过即逝

一直以来，我习惯往北走
一觉醒来，以为还是向北
想象着树木越来越茂密
鸟儿成群地飞临

脸贴着车窗，雨打在窗上
雨便也打在脸上
雨密集袭来
密到雾起松林
迎来发电的风车四座

风车高大，山洞闪过
满眼的风车旋转，背景是乌云
数不清的风车在高岗之上
旋转，像山洞
一扬手变出的惊天魔术

第三辑 编年史

马拉火车

马拉火车
就这么任性

马鞍绳索勒进肉里
铁蹄笼头戴着疲惫

身后不是古时的战车
身后是满载的矿车

车把式挥舞着鞭子
周遭一群长辫子看客

草黄马肥的深秋
难逃负重累累的宿命

马拉火车
就这么任性

展览铁路

宣武门宣武门
高高的箭楼
琉璃瓦剪边

九门威武之地
武能安邦
江山永固

宣武门外菜市口
肃杀之气
沁人肌骨

护城河旁
有一块荒地
英国人修上了铁路

汽笛轰鸣
怪物天降
天朝怎容人打广告

一八五六年
五百米长的两根铁棍
弄惊了百姓和衙役

鸦片是英国人倾销的
火车是英国人运来的
来者不善呵

展览铁路
看看就拆了
宣武门恢复了平静

快车马路

铁路不叫铁路
叫快车马路
说谎需要胆识
说给慈禧的谎言
谁人敢不哆嗦

难为李中堂了
张罗十年
也修不成一条铁路
偌大的中国
满朝文武
只知擦拭顶戴花翎

对手保守
雄踞门前
何时才能进球呵
他和队友
移开了人们的视线

叩首是游戏规则
奏折词语精炼
发明了快车马路

唐山煤矿
通往胥各庄运河
蛮好的水路联运
却闻马蹄嘚嘚

一八八一年
中国自建第一条铁路
绕一个圈
摆上了龙案

洋务需要渗透
马路太慢呵
飘摇的大清
已时日不多

龙号机车

昂首移步
龙甲辉煌
看看舍我其谁

腾云行水
护佑一方
只图寻个吉利

张牙舞爪
清狞碧眼
真能吓阻群臣吗

机车两侧
镶嵌着龙饰
就图龙颜一悦

黑烟伤禾苗
汽笛惊东陵
难防悠悠之口

狮球岭隧道

这宝岛盛产樟脑
这宝岛物产丰饶

一八八七年
雾锁基隆港
淮军名将
开建台湾铁路

山不算高
易守难攻
狮球岭
基隆与台北的要冲

北边岩石坚如铁
南边软土抓不实
凿子红砖派上用场
原始工具成全了壮举

台湾铁路的起点
汽笛声声远去
独留身后寂寞
苍翠的植物布满周遭

这宝岛曾被倭寇盘踞
这宝岛现已离家太久

吴淞铁路

浅浅的黄浦江
载不动洋人的贪欲
洋人骗道台修寻常马路

圈地挪树施工
拆迁发钱雇村民
老乡们踊跃着呐

机敏的农民涨地价
马车轿子人力车包围了工地
水果摊点心摊好不热闹

动静很大 铁轨锃亮
可能肉骨头砸晕猎犬
可能朝廷探子在睡觉

汽笛嘹亮票价不菲
吴淞铁路头等座
一石米一百二十斤米呵

再贵也有人买奢侈品
尽管大清千疮百孔
大清从来不缺有钱人

铁马背着太阳跑
这七月的烈日
灼烤着辫子油亮的贵客

秸秆围栏外
上海人扎堆来看西洋景
张大嘴巴喊破喉咙

洋人会做生意
免费乘车两日
上海连着吴淞口

一年运十六万多人
一年让百姓开了眼界
一年会发生很多事

赎回赎回
二十八万五千两白银
上嘴唇碰下嘴唇

拆毁拆毁
火速铲平路基和车站
斩草先要除根

该坐轿的坐轿
该走路的走路
一切都回到从前

弃　轨

我是来自吴淞的铁轨
我已锈迹斑斑
太平洋令我视野开阔

为什么漂洋过海
运我到台湾
为什么掷我
于海底于荒滩
我要倾诉
在这狭长的海湾

高雄港海天蓝蓝
我静候着世人
我是躺在台湾的弃轨

满朝的花翎
说拆就拆
我来自海的那边
一纸奏折是我的船票

游伪满皇宫

静园不静
遗老遗少
各怀心事
赶赴新京

康德的官吏
没有大清威仪
缩版的皇宫
怎抵故园庭院
朱墙玉砌不见了
只是盐仓一闲人

怀远楼
怀诸侯
又无人畏惧
勤民楼
无政可勤
只在花窖一角
培出祥贵人
喜爱的君子兰

宝瓶瓷盘
神鸟屏风

透着盛唐遗韵

同德殿
溥仪从未住过
同德殿外御花园
他的父亲拂袖而去

大栗子沟

非城非镇
无乡无村
长白山脚下一条沟

铁矿引来日本人
钢轨才肯铺过来
铁矿武装了关东军

状如栗子的奇石
站在鸭绿江畔
笑看春月秋风

相邻的新宾老城
努尔哈赤曾招兵买马
剑指大明王朝

六天的首府
伪满朝廷
从未呼风唤雨

山高林密
大栗子沟
容不下公子王孙

丢失的玉玺

淹没于
人民群众的汪洋之中
假亦假
真非真

背负着谜一样的文字
辗转在路上
和氏璧稀有
争也驻不久

丢失的玉玺
躺在何处
惊羡于何人的梦中
把玩在谁的手里

起于山林
归于草莽
悠悠栗子沟
葡萄酿美酒

展望号专列

火车是个好物件
火车让人长见识
大栗子沟
迎来华丽的专车
展望号

金色栏杆
半球车窗
地毯厚
灯具精
丝绒沙发
透着气派

逃难原来也要
展现尊严
叫迁都

来路坎坷
蜗牛般颠簸
冷冷的铁轨
载着恐慌与烦忧

车门开启
走下火车的那位
穿着军装
脚蹬马靴

大栗子沟，此时
伪满洲国最安全的地方
奇石绿水
举目即朝鲜

展望号上
如何展现未来呵
家眷与旧部
依旧行礼如仪

溥仪退位旧址有感

铁路的尽头
大栗子沟
青砖黑瓦今犹在

代拟的文稿
只读两分钟
凄然的遗老握手无力

古玩换煎饼
酒瓶擀面片
臣子们都在保全性命

闹剧终要收场
乱世不让人虚度
蔓草爬残墙

旅顺大和旅馆印象

旅馆商铺招待所
俨然三十年前合作社

黄岗岩还在
木栅栏还在
可希腊式山花不见了
法国孟莎屋顶不见了

当年高档的连锁宾馆
间谍出没的地方
川岛芳子办过婚礼
末代皇帝软禁的去处
已面目全非
独留两扇凄惶的木门

站在合作社二楼
想象着溥仪
趴在阳台上
手扶眼镜
思忖着选择题
而一楼宾客穿梭
往来无白丁

剧本构思之地
阴谋得逞之地
抖一抖衣袖
溥仪下楼了

老虎厅

大帅府内青铜鼎
老虎厅上玉如意
壁炉今安在
壁画已无往昔模样

红木屏风在后
老虎标本在左
立此存照
东北王
借虎生风

大青楼
那时东北最高的山头
少帅意气风发
少帅年纪不大

老虎厅有两只老虎
两只老虎跑得快
再快也成了标本
围着沙发神游

杀机来自忍无可忍
杀机透着心事重重

东北的寒夜
成片的大雪
说下就下

三洞桥

两条铁路交叉的桥
人来人往平常的桥
关东军选中皇姑屯
这桥逃不出皇姑屯

三洞桥
花岗岩基座
结实着呐
但也敌不住
一百二十斤炸药

炸药挂在桥下
埋都没有埋
明晃晃
挂在桥下

慈禧太后的花车
载着张大帅
过桥过桥
过去就是东北老家

老北站在不远处
大青楼在不远处

熊熊大火
模糊了人们的视线

北洋纷争
已成往事
民国风云
纸牌屋般闪过

什么牌对他们有用
什么牌对他们没用
全看日本人
出牌时的心情

赠人偶的是首相
接人偶的是大帅
那时的东北呵
那时的中国

纸糊的铁路

长袍马褂
瓜皮小帽
算盘珠子
是谁在诋毁山西王

英文报纸漫画
告诉世界
山西在建同蒲铁路

建路需要银子
银子要从百姓那里拿
就印物产券
来换百姓手里的东西

口吹大洋
精明的阎锡山
愣是用纸糊出了铁路

窄轨外人进不来
窄轨还省钱
当兵的修铁路
管饭不给钱

不论怎样
一省之力
一脉纵横
一九三三年呵
群魔乱舞
列强环伺

沉睡的渡轮

东北大豆
西宁羊毛
整列整列
运往南京上海

火车上了船
就是渡轮
乘风破浪
横渡长江

没有战争多好
把鬼子圈在岛上多好
南京城危
日本人占了轮渡所

搜也没搜到呵
江面平静
传说中的长江号
已自沉江底

死也不投降
就在宜昌天险
石牌古镇
沉睡不起

战难列车

越走越慢的火车
时走时停的火车
竟还堵车的火车
战难列车

车厢顶上坐满了人
熏煤烟是难民的专利
树枝电线可能剐到人
日晒雨淋更是寻常事

车厢里
一锥之地都塞着人
男女老少
恐惧的沙丁鱼

车厢底下
铁条架了木板
趴在上面
身旁是车轮滚滚
逃离与漂泊
苦难连着苦难

面对战争
生命是如此渺小

家园沦陷
湘桂铁路接纳了人们
能住何处去呵
这甲天下的桂林

炸　桥

建造时就想着炸掉
这天生的前定
在最难修的桥墩上
预埋了炸药

谁想丢下自己的孩子
谁想遗下自己的真爱
咫尺难近
残日心碎

钱塘江大桥
南北架飞虹
钱江潮涌
卷不走鬼子的野心

不足百日
烽火烧到北岸桥头
引爆引爆
硝烟散尽
是吃惊的日本兵

人在图纸在
痛楚难捱

暮色苍茫中
是谁在呼喊
不复原桥不丈夫

路徽的出处

人民的钢轨
铁路路徽
荒原行进
光荣属于奔走的劳动者

路徽悬在北中国的空中
设计者透露天机
草稿褶皱蜿蜒
灵感如羽翼翕动

小米，黄灿灿
八百斤，供养父母妻儿
喂大革命的小米
奖励路徽设计者

路徽包围铁路人
袖口、衣扣、帽子
满洲里以里的中东路
万里山河曼延的大铁路

小米闪耀，金币何在？
小米流畅如沙
短暂的存在，如灵感

如人生

小米与路徽
口粮与旗帜
庞大的火车
穿过沉睡的山洞

铁道飞马

铁马瘦骨，犹带铜声
有火车前，安静贫穷
有火车后，喧嚣贫穷
贫穷是因不够勤劳么
勤劳与智慧，怅望
流淌的金币，还有闲置的马厩

北中国曾繁荣于乱世
英雄遍布四野
或藏于陋巷
或在火车上飞上飞下
或在火车下拆来拆去

指挥官年轻得可怕
早早当家的年轻人
志向高远
小小的货车车厢
小匣子里有大乾坤
天空蔚蓝，火车铿锵

精准攻击，如箭离弦
生死未卜
但弓声清脆

惊讶冷静在心中
悬在车尾，卧在棚顶
你我捉迷藏的回忆
实战于北中国，说伤就伤
说亡就亡呵，年轻人

铁道游击队，电影里
亲近的兄长在弹奏土琵琶
歌者相传得以久远
北中国不善言辞
北中国大雪封山

岁月的黑衣人敲门不停
人仰车翻的场景
定格在岛国的报纸
透过委婉的说辞，胜利
似乎永远站在他们那边

飞腾的铁马，恼怒的马
四蹄腾空，踏雪无痕
火红在北中国的暗夜
铁道飞马，追逐着太阳
太阳每日照耀着北中国
比北还北，浸红了雪的衣衫

茶水票

茶水票
叫我依稀想起
小时候坐火车
大大的铁皮水壶
热乎乎的开水

茶水票
在我出生前十年
就谢幕了
方的圆的，薄薄纸上
印着简体字
夹带着繁体字

茶水票开水票
全段券中段券
背面印着
绿宝香皂重庆电池
广告呵，让人惊讶

邻居老者的收藏
丰富得很
把我拉回
一九六零年

第四辑 车载光阴

大　车

蒸汽机车的年代
大车是火车司机的别号
大车手下有副司机有小烧
小烧就是司炉
就是投煤的

大车在铁路家属区地位较高
他可保一家六七口人
衣着光鲜脸色红润
他们是最早吃开江鱼的人家

家属区午后寂静异常
男孩儿低头弹着玻璃球
女孩儿跳皮筋也少了叽叽喳喳
大车夜班前的休息是头等大事

自行车飞来画个弧
单脚踮地哇哇喊是叫班的
叫班的就是那时的信差

调头灯擦灯罩
香烟清凉油湿毛巾
一切准备都为瞭望安全

看清路是成功的关键

司炉和副司机
拼命地投煤
投得快投得匀
火车才有劲
有劲就能爬坡
爬坡往往是多数人的宿命

绿皮车追忆

记忆的匣子
平和朴实
载着过往
缓缓而行

最是月台出发时
木椅铁壶爆米花
硬纸板的火车票
希望总在下一站

小站小贩
粮票换鸡蛋
串门的通勤的
一车不认识的熟面孔

小时候坐火车
不知去路
不想来路
只知跟着父母

一幕一幕
多少人已去了别处
这一火车的光阴
只消一停一靠

齐铁北局宅（组诗）

1. 在齐铁二校

老榆树下，铁路小学
三十八年前入学考试
老师问我
一只鸡几条腿呀
我答四条腿
老师茫然
观者哄笑
妈妈缓颊道
我家有两只
就这样，我被齐铁二校录取了
自此，数学成绩
再没有考好过

2. 老榆树

学校的老榆树还在
只是好像矮了许多
也可能是地面长高了
上小学时，老师就说
树有一百年了
现在还得加上

我虚长的四十岁
老榆树真老了
靠倒了日本家属楼
靠黄了铁路电池厂
靠走了围着嬉耍的我们

3. 榆树钱儿

铁路子弟
打榆树钱儿
都要绑上铁道钉
抛上老榆树
晃呀晃
拽呀拽
新鲜的榆树钱儿
撒落一地
捡起来
抓一把
扔嘴里
香脆脆
铁路娃儿知足着呐
只是苦了学校里的老榆树

4. 北商店

职工路上职工店
北辆、机务和修配厂的家属娃儿

一股脑儿地聚在北商店
店里有糖果有点心
有军棋跳棋飞行棋
店外有小人书摊
一本本，用塑料布包着皮儿
一分钱看一本书
一毛钱管够看

攥着几毛钱
选择，从那时开始

5. 北局宅

三十八年都没有走出
铁路北局宅
先住铁道南
后住铁道北
铁道南长大上班
铁道北娶妻生女
怎么就离不这条铁道呵

只知清苦的父母
养我于北局宅
那段平房板帐
炊烟升腾的岁月
寻也寻不见了
命定北局宅
任你再走，能走多远

冯屯站寻故人

满眼的沙山
铁路专用线皆为沟壑
冯屯站的沙子多
大多发往龙凤、卧里屯
沙子，终或伴着水泥和钢筋
变成万丈高楼
终或还是一粒沙子
不经意间
跌落于滚滚烟尘

值班室时的哥们
在车站当支部书记
他曾躲过一场车祸
一车的三个人呵
一死两伤
他是最轻的那个

冯屯站叙旧

车祸不堪回首
近况可好
嫂子还在街道办
孩子读研了吧
身体还是那么棒
只是眼角留了疤

我还在哈尔滨
失眠、脾虚、瘦
刚刚去了冯屯监狱
探视十五分钟
存了三千元钱
此来别无他事
过来看看老哥，就是看看
一晃十年，你多了道疤
我白了好多头发

喝　茶

车站食堂搞得好
中午吃得饱
说多了口渴了
给我来壶普洱吧

午休令人懒散
午休令我们忆起
十七年前的那些小憩
打着扑克，不思未来
孩子尚小，衣食知足

撬好的普洱茶
醒得久不久
存茶的紫砂罐
质地纯不纯
闲时心境，听得进火车隆隆

命中的定数
有如洗茶的公道杯
一扬手，空空如也
再思量，覆水难收

在拉哈站

拉哈站最大的企业
是甜蜜的事业
糖厂食堂见不到饮料瓶
端起白瓷水杯
就有丝丝甜香袭来

秋风起时，望不见尾呵
送甜菜的车龙
已无关铁路

甜菜根中间最甜
甜菜根两头淡淡
人到中年
再来拉哈站
想的却尽是青年时光

再往三间房

小时候每周必去的车站
那儿有父母的至亲
那儿有玉米面烤糕
有缺嘴岁月的美味

识数后的我
常想这么多房子
怎么叫三间房呵
三间房就一个商店
人们的生计围着铁路转

亲人得了癌症
十多岁时
方觉世事也有不堪
三间房，最是清明起风时
心有不安，就烧些纸钱
在任何地方的十字路口
避开人群
默默祭奠

钻火车底儿

小时候去三间房
火车一到站
父母拉着我和弟弟
随着人群，自认为安全后
就钻火车底儿
一条线一条线爬过去
之后，居然出站了

一九七几年的编组站
就是这样
总听说有人被撞飞
可人们还是钻火车底儿
谁都觉得，哪有那么巧
自己绝不会是
最不幸的那一个

铁路边的甜杆儿地

钻过火车底儿
眼前一片甜杆儿地
穿过去，是串门的最近交路
我和弟弟这么做了
初中生领着小学生

我们不知是甜杆儿地
以为是玉米地
还没有长穗的玉米地
家境拮据
也有不识农耕的笨人
好事将近，却不知珍惜
天晓得，兄弟俩躲着火车
越过该死的“玉米地”
目的很简单
就是去大哥家吃甜杆儿

出　路

一九九四年的一个夏夜
身为专用线货运员的我
骑着脚闸的金鹿自行车
巡线，我要看看辖区
有没有侵线的货物
货物与轨道的安全距离是一米五
一米五可保证我不被考核
一米五是我指导企业接车员的利器
但我不能太装，要与他们聊些家常
然后再说你的货要清一清，侵线了

这个夜晚，微风吹来也还凉爽
骑过北大营这条铁道线
经过百货站、煤建二营、北支线
钢材线、蔬菜市场，来到建华厂
我们称 321 厂的地方
这是个大型国企，是个军工厂
晚上九点多，在偌大的厂区逡巡
周遭寂寥，只有风声虫鸣或者还有动物的叫声
师傅们说这里常有狐狸出没
航空弹，躺在长长方方的匣子里
我有些莫名的恐惧

押运员不知去向，也许去点名了
他们不能携带明火，他们常吃冷食
我爬进车底，一辆一辆检查折角塞门
关没关闭，这是确保安全的流程
我如今的呆板，来自背过的规章与流程
那时我们要整本地背加固规则
一字不差，站长在抽考时奖励的是现金
现金，那时的我见钱眼开
背得咋就那么快，没给
北区这个团队丢脸

作业过程只有我一人
夏风拂树的声音格外清晰，但也怪异
我觉得很多眼睛在看着我
就连防爆灯也一闪一闪的
我有些后悔，我本可以第一站就来这里
然后依次往回骑，尽管费些时间

晚上十点多，我想应该在子时回到大本营
脑子里怎么冒出子时的概念
定是那读了也白读的聊斋

我开始了尴尬的逃命生涯
逃无可逃，脚闸的金鹿车
让我只能前进抑或暂停，不能后退
后背凉飕飕，被推着赶着
我的路就是沿着铁道线狂骑

砟石在地，硌得我颠颠簸簸
树枝剐身，破了我的衣衫
但又能如何呵
这也许是我此夜唯一的出路

今冬不降速

今冬不降速
降速不是高铁
哈尔滨到大连的高铁

三百五十公里时速
穿过冻土带
穿过风雪边城

线路告别冻胀
钢轨告别冻胀
苦寒之地也要奔跑

渤海连上松花江
冬夏一张图
今冬不含糊

其实降速很寻常
其实降速不寻常
降速会记在人心里

平凡之旅再次开启
今冬不降速
雪兔追着月亮跑

扫道岔

道岔指示着方向
道岔暗示着抉择
道岔就是铁路的十字路口

路口风雪交加
雪片叠落
埋没去途

当班不当班的当官不当官的
男女老少不用通知
女人热饭男人要去扫岔子

道岔是旅途的节点
坐车者浑然不知
铁路人心悬一线

咽喉需要畅通
钩铲笤帚除雪机
雪不停人不撤

扫清道岔
场区利落安宁
关口再难也会过去

前路茫茫
多雪的东北
你来是不来

拧螺栓

高铁再快
也要拧螺栓
拧螺栓的岁月
一个光阴的时间
黑骏马般跑过

棉衣棉帽满脸热气
站稳看准
晃动肩膀
拧紧是唯一目标

长长的线路最扎实
工友们一步一步量过
激情起于平和
舒缓的音律最难把握

拧螺栓
简单的工序单调的音符
让我回想起做工生涯
年轻时急于逃离的地方
恰是我最健康的时光

霾

风起自何方
几时来吹

夜，老无所依
孩子失望至极
学校没有通知
课还是要上

残雪渴望掩饰
伸手不见
父爱无边
周遭有鱼悠游

想念纵是徒劳
东北干冷
一饼熟茶
可解心宽

等着风吹

尽　头

顺着铁路，我逃
抛下诗歌
以为铁道
总有尽头

逃无可逃
文字就是救赎
二十多年才明白
一纸家书
可保父母心安

谋生
搁置幸福的拳头
砸向
大朵大朵的棉花

返家的时候
修路改道
已误了时辰
水泥铺就的公路
有没有尽头

希　望

没有那么糟
书发霉
就一页页掀开
让空气呵护

我用助学金买的书
三十年都没怎么读
果报不虚
纸张干时
字迹清淡
墨香不在

没有那么糟
闲暇时跑步
倒也大汗淋漓

读诗有如
爱人培植的绿萝
不经意间
枝叶垂挂
茂密了整个玄关

第五辑 情之所钟

今夜，让我在梦里做一回远行

一

今夜，我的兄弟
让我在梦里做一回远行
远行，就是远远地行在异乡
就是行在小雨轻至的青石板路上
忽然会想起家的地方

那里蝉鸣不已
如真正的歌者
高踞青青的梧桐
赠蚁类以警世的欢愉
蚁类和鸣蝉都是那里的旺族
他们择邻而居

我行在异乡，寻觅一些
正直的人和他们铿锵的诗句
我发现，山之所以为山
天才之所以为天才
都是本心系庶民
遇海突崛而为山的
他们的美
是好男儿的那种，冷峻挺拔

铁马汗气蒸腾
书剑同出一炉
男儿无媚骨
方能保万古家邦

今夜，我的好兄弟
你还在为匹马戍梁州的古人惋惜么
你还在怒发冲冠对景难排么
熄灯后我能看到你的眼睛，一双
不，两双。还有一对红烛的微光

二

今夜，我的爱人
让我在梦里做一回远行
远行，就是远远地行在异乡
就是地图上盈指之遥
却握不到你冰凉的手的地方
躺在高级文具店里的那只笔
最终被你攒来了
我囊中羞涩，我并未企及
我只是在柜台前
下意识地啧啧过
我心里不安了
我在梦里记起它来了

而今，我远离了白杨萧萧的故乡

不是为了功名呵
功名是伏案伏出来的么
楠木才是贵族气的诗人
他们衣食无忧

心偎着心如剑偎着春鞘
如紫丁香偎着春天
幸福其实就长在
平常人的故乡

三

今夜，我的恩师
让我在梦里做一回远行
远行，就是远远地行在异乡
就是两位东北硬汉的身影
复照蓝色窗棂的地方

彼此一望，便已望出泪来
这是男儿泪
男儿，男儿膝下有黄金
男儿常常把泪咽到心里去

物欲横流
流得诉诸心灵的欢愉
日渐稀少
毕竟良知难泯

每一次倾心的搀扶
都会有默默的感激含而不露
每一次偃卧于黑土地
都会有赤子的情怀茁壮如松

今夜，如水的温情
已弥漫整个窗棂
恩师，在我行前
我祝你们加倍健康

四

今夜，我的妈妈
让我在梦里做一回远行
远行，就是远远地行在异乡
就是您的白发
时时袭我眼帘的地方

儿不孝，儿远行千里呵
妈妈您莫要担忧
胶州湾怎地了
惹得您七岁便远离了家乡
那个捡海的小女孩儿走了
那个挖野菜的小女孩儿走了
于是，高高的桃树
嫩嫩的香椿芽
还有被蝎子蜇过的险境

您念念不忘呵念念不忘

如今我要走了
松嫩平原怎地了
卜奎城怎地了
儿突然想喝您熬的玉米粥了
儿突然想吃您烙的发面饼了
妈妈，妈妈
儿胡诌着叫做诗的东西
儿醉了儿滴酒不沾的呵

五

今夜，让我在梦里做一回远行
远远地行在古人的长短句里
借着星光西北望呵
天狼星它隐到哪儿去了
为了天下每个游子的故乡
都别来无恙
请您枕弓而眠

读我诗的至爱亲朋呵
今夜，让我在梦里做一回远行

（1993 年 5 月）

把手读君风雨篇

君自嫩水来
满腹家乡事

昨夜如油春雨乍纷纷
今朝却似
满眼庄稼吐穗又扬花
阵阵蛙鸣
盈溢着来自泥土的清香

惬意劳碌中
猛抬头
缕缕炊烟唤君归

恍然数十春
一纸平原
咏不尽葱葱青纱帐
乡音袅袅
君不倦而歌

（1992 年 8 月）

致李风清老师

一

是夏夜了
村东那阵缠绵的琴声
还会漾起水花吗

喜滋滋的七叔
端来一碗碗自采的野山茶
让音河畔的小知音们
听上一段自编的胡琴曲
曲终人散
七叔让你想起阿炳
阿炳真好
盲了眼
还要把甜甜的月色
捧到穷兄弟的嘴边

二

箫声响起
你稳坐青山，不倦而奏
蛙声流进纸张
夏风拂面
苦艾的清香

注定了你耿直坚贞的一生

黑土地实在得很
葱葱的青纱帐
炼就了你坦荡的胸怀
心里时常揣着
父老乡亲的苦辣酸甜
情到深处
一泻汪洋

纯粹的钙质
是做人必不可少的元素
你具有中国马的骨骼
四蹄腾空
作飞跃涧崖状
有时也沉默
独步黄昏静寂的草原
听奶溪叮咚
莺飞草长

辨不清是诗人还是耕者
你高大的身影
常与箫为伴
箫是竹做的
竹有节
节是为人的尺度

（1993 年 7 月）

回　忆

——悼风清吾师

一九九零年
或是更早的一天正午
一位倔脾气
在斥责报社办公室主任
在老楼大树下

他不是领导
他是副刊部主任
他想去铁路印刷厂
借调一名排字工到编辑部
他要办明月岛诗会

他想要一辆体面的车子
去见厂长
以显重视
办公室主任曾是社长司机
司机常能当上主任

他身材高大
熬夜久了眼袋垂了
办公室主任勉强应了他

排字工在楼上看到了这一幕

排字工那时十八九岁
排字工写着稚嫩的诗
胆怯卑微地投稿
为一个黑瘦的少年
你值得吗

如今
老楼的大树好像不在了

再　忆

——致王新弟老师

家乡极寒
家乡有父母
家乡有少时玩伴
家乡有位恩师
泡着温热的茶
说着温热的话

鹤城体育场
圈着文联办公室
文联与报社之间
我最敬重的两位诗人
只隔一条马路

二十六年前
趴在编辑部
厚重的桌子上
竖着耳朵
偷听长者谈话
是多么幸福的事呵

他们是文人
但身材魁梧
魁梧能多抗些风雨
魁梧就少些阴柔

我从未怀疑
我为人偏执
雪在燃烧
友谊的风
只在齐齐哈尔吹

三 忆

一位老报人
拄着文明棍
一身黑衣礼帽
在老报社院里踱步

他与恩师
那位倔强的诗人
攀谈吸烟
他们互相敬重

不知来者何人
接下来的日子
常见老者光临
时间一久
差我跑腿买烟
我也乐此不疲

编稿岁月
是最开心的年份
一去就找不回来
多么希望可敬的长者
多差遣几次
有福了

扶车而行的鲁国弟子

那位老报人
我后来才知道
马占山演义
耗尽他最后的心血

老报人儒雅稳稳
老报人来路坎坷
恩师的烟
一颗接着一颗

探　母

家在齐齐哈尔
都说有母亲的地方就是家
我自己的家在哈尔滨
齐齐哈尔有我和弟弟父亲母亲的家

兄弟在承受人生的磨难
他看似坚强，又奈何呵
母亲是真的坚强
人已七十还要惦念着
送衣送食
还要给回家的我
包茴香馅的饺子

每次离开时
母亲有时在窗台上冲我挥手
有时在马路上看我打车离去
有时送我去车站
说是再走回来
母亲说这也是锻炼，对身体好

给母亲打电话未果

给母亲打电话
她没接，父亲接了
我与耳背的他
聊明白了母亲的去向
母亲的老同事邢姨
同一天参加工作的好朋友
家里出事了，邢姨的老伴没了
老人爱喝酒，还挺倔
七十五岁吐血住院就走了

父亲在那头叨咕着
亡者住院的日期与症状
这些临近的老友没了
父亲感慨颇多
我也想起了老人的过往
笑呵呵地带着他的孙女
还有我的女儿在明月岛郊游

母亲去陪邢姨了
我挂掉电话
我忘记了，原本给母亲打电话
要说什么事儿

报平安

回不了，或不想回齐齐哈尔
就给父母打电话报个平安
父母总是说一切都好
我也说一切都好
其实没那么好
但至少可以自由地散步
也可以对人说不

我对父母讲
你们放心
我一定安心上班
在单位不摸钱物
不做没见识的事儿
一定远离官非
做个本分的人
因为二老已七十多岁
我不能有任何闪失
我告诉父母
我开始跑步锻炼了

妻子的外甥

我妻子的外甥
我连襟的儿子
一个南方孩子
来到哈尔滨

他四岁半
他很调皮
他爱舞刀弄枪
他爱花拳绣腿
他以客人的身份
挑战我在家的权威
他常仰脖走路
他爱眼睛上挑
卡腰瞎哼哼
他很有背景
他有强大的靠山
姥姥

他是幼儿园中二班
一名普通学生
他自诩是班长
我很羡慕
当孩子多好

吹牛
都被当成有趣
没有人找谈话
还有糖吃

有一天
他挑衅我
张牙舞爪
被我举到桌子上
对于他
桌子就是孤岛
四面楚歌
外无援兵
他的靠山姥姥
正在电脑前
专心打麻将
他的双亲
远在江苏

我问服不服
他忽闪着眼睛
坚持着
我再问
他高吼着
我——服——了
表情像
不屈的壮士

我抱他下桌
表扬他真像武林中人
关键时刻
机智勇敢
能屈能伸
他说湖南老家
山好多
男孩一出生
村里就给包个山头
我没考证
不知真假

后来我同妻子
说起这事
托她打听一下
这孩子
出自哪个山头
我的连襟
孩子的父亲
一直秘而不宣
他很低调

驶离哈尔滨

有一种大雨叫滂沱
任你宾馆连着售票厅
雨伞罩着全身
此时，暴怒的天空之下
谁都躲不过这场风雨
安坐屋内，呼啸之声
也将打马过来

十二点二十九分即将启程
检票员盯着我，我慌张地寻找车票
还有十五分钟开车
车票却躺在二十一楼的
办公桌上，为取一本书
却把票落下了，它原本好好地
揣在口袋里，我已然淋湿
看来仍将淋湿，淋湿是
反复跌倒的鞭打之痛

近三十年的铁路生涯
准时应是铁打的尺子
我不止一次懊悔，深深地懊悔
失之交臂，误了多少次列车
时光的马匹，蹄声嘚嘚

回到今天，正午时分不见太阳
任雨打风吹
跑步和执念是来去一遭
必胜的伞盖
最短的径路是真诚的忏悔
最卑微的祈愿是车票还在桌上
大雨忽略不计
狼狈奔跑忽略不计

来去十分钟
我要感谢妻子的英明
一早让我穿了跑鞋，感谢运输部老贾
帮我在一楼大厅照看行李
感谢电梯如约而至
感谢同事第一时间打开办公室的门
感谢车票如我所愿待在原处
感谢检票员没有拦我问询
感谢安检员拿着仪器
在我身前只晃了一下
感谢职工通勤口还开着
感谢车长安慰我：
再有一分钟就关车门了
十三车二十号下铺在等着你

我喘息着欣慰着
奔向铺位，我仍然奔跑
一个小伙子适时地礼貌地

引导我，他是乘客
我大汗淋漓，湿了衣衫
也湿了鞋袜
心凉如水，怎敢自负满满
差点又误了时辰
误了雨季伊始的短暂团聚

火车准时开车，想起
年少时读白话史记时的诘问
为何那么多的人都在一个
坑前跌倒，有的爬起来
有的没能爬起来
那时朋友曾说我在装深沉
现在想起，我给他发了一张照片：
一双湿漉漉的跑鞋
又给妻子发了三个字：车开了
妻子回了一个字：好
我没与她讲今日的坎坷
我怕她的埋怨与唠叨

不管怎地，Z174 次列车
已驶离哈尔滨
我和我的跑鞋在庆祝
我们最后的胜利

老 杨

冷冷的夜里
在打开水的调度楼暖房
我偶遇了你 老杨
厚厚的羊皮袄和几把暖瓶
告诉我 你是押运员

这整整两火车的大豆
这一路的平平安安
换来的将是
你女儿学费的几分之几呵

老杨老杨
你说女儿好争气
名牌大学里勤俭有加
你说小兄弟车连着别分开
不然咋交待

老杨老杨
也许是缘分
在去外县的车上遇着了你
我说我也有女儿只是太小
儿子没当好却当了父亲
老杨你为什么总是冲着我笑

我　们

你是兄我是弟
叫一声兄弟
你我便有了共有的名字
——我们

天堂里唱圣歌的孩子
你好吗
在城市的另一端
我眼见你
缓缓地走近烛台
圆圆的脸上
镀满了健康的色泽
与黑夜
你有怎样的竞技呵
我的兄长

我们插翅的愿望
只轻盈在少年游的梦里
待大梦醒来
无邪的安琪儿会说
你们已不很年轻

如此莳弄文字的我们

仰望大师们高踞的城堡
那核心的核心
提炼的是怎样的太阳呵
站在那里
受照耀是必然的
我们这些后来者
默守着基本的信仰
如那片燃烧的葵林
正逼向遥远的天际

是什么在环绕着你的生活
又是什么令你的白衣颤抖
天堂里唱圣歌的孩子呵
灵魂以外
我们将轻视什么

一些人已远离了亲人
那些亲切的人亲近的人
恩情浩荡
兄长，站在浮沙之上
我们该向哪儿张望
我们久望成岩石
我们贫穷而富有
我们相视一笑
却从不问缘由

（1992 年 8 月）

与春雷

写诗的
去补编剧课
跳跃的水笔
别来无恙

二十年
老是不老
棋盘尚在
黑白重不重要

恩师
去也枉然
泛黄的报纸
烟烫的痕迹

落魄时读诗
不屑以往
灯盏难眠
妻儿可好

晨霜凝重
望江亭
弄丢流人墨宝

塞北广袤
躲与不躲
风沙依旧
卷走一枕短梦

致　友

子时已到，还在帮我编稿
伏尔加庄园驻扎三日
三日内无粮草
三日外无援兵

二十岁时读书好勤奋
我一夜一本书
又一个二十年过去
一月一本书
四望两茫茫

驻扎开会理应坦然
复制的圣尼古拉大教堂
想来也应富丽堂皇
我多次想去观瞻
又怕迥异于心中的想象
和远来的乡愁

青春在何处微笑
我们的理想泪水涟涟
曾经的彻夜常谈
过后想来，叨扰了你的家人
叨扰了你父亲书柜里的藏书

他精心包裹着牛皮纸书皮儿
上面用工整小楷写着书名

伏尔加河远在俄罗斯
俄罗斯高手云集，密不透风
有读不完的诗篇和酒窖
伏尔加庄园在哈尔滨
我客居于此，住在二十三楼
楼下有三座历史悠久的教堂
有时钟声阵阵鸣响
我常于夜半趴在窗前张望
望也望不见，敲钟的人呵
你在哪里？

接纳苦寒中的友谊

沐浴友谊的星辉
我们散步
于小雪初至的街

注定是匹性格暴烈的马吗
用静谧去掩饰
嘶鸣后久久颤动的余音

我们是兄弟
是皈依泥土的籽粒
一旦破土
便会携手生长
光耀人们的餐桌
匆忙地穿行于世
常将心与雪相连
来映照自己的足迹
或者一个简单的承诺
当我们重新围炉而坐
感受友谊的炭火时
我仍想去散步

（1990 年 3 月）

友情的海

独坐沙滩
回想来时的航程
一些纯粹的人和事
再次，深深
深深地打动了我

在万物的源头
我知道
哪一只巨手
曾挽回怎样的狂澜
又有哪一腔无私的倾泻
弥合了多少道沟沟沟壑壑

海的蔚蓝
是天空无瑕时的歌吟
天空的蔚蓝
是大海静谧时的抒情
肝胆相照
却常在疾风骤雨间

那一片沙滩
因海的涌动
令人刻骨铭心

（1990 年 6 月）

昨日的贺卡

精美如初温馨如初
在最快乐
或最悲伤的时候开启
常能品味得出
做人，头不能昂得太高
也不能轻易低下

在沙漠中牵马独行的是谁
是你，还是我
跋涉终生是注定的了
世俗中除了肝胆相照
还有什么谈得上珍贵

绿洲就在身边
我们还要向何处去
昨日的贺卡
用亮丽的眼睛告诉我
追求，追求本身就很神圣

（1990 年 6 月）

第六辑　斯人

背　影

背影从来就苍茫
背影去时
让人怀想到久远以前
那个击筑的燕人
还有那岂止是骨勇的剑客
玉树临风般的容颜

满岸的香草
谁是最鲜亮的一株
背影背影
离弦的易水孤舟
奔至中流
能往何处去觅
热豚和斗酒呵
思来，当是故人情深

背影，你真的不回头了
是么？

咸阳还远着呢
你回头看看吧
看看那些父老乡亲
看看那些今日

着意为你盛开的花朵
她们美丽而幽怨的神情

家乡的女孩呀
前生行在哪座山
前生饮得何处水
这般素雅高洁
背影，任你仗剑
走遍天下
家乡的女孩她人最美
家乡的女孩她歌最淳

背影，你真的不回头了
是么？

家乡的律吕呵
她鹰击她虎啸
她奶大的男儿
是这样地有血性么
千里之外的秦王
从噩梦中醒来
秦王好不烦躁
秦王掀翻了案几
秦王喝退了侍女

家乡的律吕呵
她预示着什么

远行的男儿呵
你把芒鞋紧一紧

背影，你真的不回头了
是么？

家乡远了
咸阳近了
咸阳阴气好重呵
远远望去
一座酒色笼罩的宫殿
那里住着
残暴而又能干的秦王
他好伟大他好渺小
他是你前世注定的敌手

然而，咸阳阴气好重呵
背影，你真的不回头了
是么？

（1993 年 9 月）

先　生

一

在十六卷的风雨沧桑里
我见到了您
此刻您正背对着我
四周燃着纸烟
我低声唤您
您转过身来
目光沉郁

您牵着我的手一页页徜徉
温热的手暖不了那里的寒气
那里内忧外患
那里有霜冻的历史
那里有大雪飘落的祖国

二

先生先生
我想我定是您转世的一位弟子
前世或死于龙华
或葬于荒岗
抑或在您腹背受敌时

这最紧要的关头
我却弃您而去
犹大，我会是可怜的犹大么

青春的魂灵
给了您怎样的启示
先生操心复伤心
是因为我的脉管里
流涌着年轻的血液么
我二十一岁了
我已成了一名排字工人
我用劳动兑换面包
与那时相比
我的确是在
幸福地度日合理地做人

然而邹容却永远二十一岁了
殷夫却永远二十一岁了
这些热血男儿
这些少年才子
把长长的围脖向肩后一甩
就迈进了寒气弥漫的谷底

三

我为许多大作家排过字
却从未荣幸地握过他们的手

尽管我们近在咫尺
而今握着您的手
这结实有力的手
这无脂粉气无铜臭气的手
我无话可说

这是大笔一挥激扬文字的手么
这是邮局打包寄信的手么
这是挑灯翻看柔石书稿的手么
先生先生
在您的麾下
跑马战死又算得了什么

四

先生肩膀抖动喘息不止
先生您得的是肺病么
萧红得的也是肺病
肺病最需要空气和营养
萧红说您休息去了
说完不久
落红便也萧萧了

落红萧萧
我的这位东北同乡呵
她曾操着怎样的口音
在偌大的上海

与心上的人
苦觅着先生的踪迹
蔷薇花开
她们满身带刺
她们馥郁无比

东北东北
有着顶红的高粱
顶黄大豆的东北
为什么让你最优秀的儿女
流落江南

五

江南有黄酒
江南有花雕
江南有个年轻的后生
他踢过鬼妖
先生先生
您把脚狠狠地踢出去
想没想到要中途收回来
鬼是开罪不得的
鬼可是鬼呀

您学医就不怕鬼了么
您解剖的仅仅是二十来个尸体么
您东渡扶桑八个寒暑

八年能读多少书呵
八年能做多少事呵
八年对女孩子来说
恍如隔世的吻痕
八年对男孩子来说
犹如中流击水
苦挣苦扎上得岸来
谁敢保证
暴风雨不会再次来临

八年后您回来了
八年后您三十岁了

六

在一些小丑上蹿下跳时
您已是位鼎鼎有名的人物了
有名了还要亲自砸煤取暖么
有名了干吗不包辆月车
有名了干吗总穿着布衫

先生先生
您在用怎样的眼光看我
您的眼光含着怎样的催逼
一个时代全智者的催逼
逼得我大汗淋漓

您欲言又止
您闪进了青青竹林

（雾气好重呵
十字路口
我席地而坐）

七

王，我心中的王
我诗歌中的王
您以太阳神般火辣辣的形象
拂去了我头顶的阴霾

我是谁
我该往何处去
我把埋在膝盖间的头颅
重新昂起
我看到火蛇诚实的舞蹈
我感到了持久的温暖

王，沉默的王
腰中悬剑，穗佩金黄
您俯视密林
您窥见了豪猪的言行
您将开口
您将拔剑

八

在十六卷的风雨沧桑里
在岚气渐散之后
先生把冷冽的美
撒在我的行囊之上
撒在棉田与稻菽之间
冷冽是从内心燃起的
熊熊大火
此火来自天堂
照亮了祖国方正的汉字

在面孔严肃的人群里
往往驻扎着最慈祥的人
先生先生
您浓密的须和眉
硬硬的头发
在向谁深沉

十六卷的风雨沧桑里
我背着行囊徘徊不已
我害怕漂泊
我害怕无所依托
而那只温热的大手
却慢慢地把我推了出来

（1992 年 12 月初稿，1993 年 10 月定稿）

萧红故居行

七十年前
你美丽的容颜
在清澈的呼兰河里
映了映
就含泪离开了你的乡亲

你为什么弃婚出走
在深宅里做小姐多好
如今许多人做梦都在想

落难的时候，遇见
微笑着向你递来双手的人
是几千年修得的缘分呵

生命会长久么
爱情会长久么
一切都会长久么
同行的女孩们
花枝招展
围着你洁白的雕像
很熟练地拍照呐

你半个世纪前的才女

你脆弱而又倔强的心灵
让我茫然不知身在何处
耳畔清甜的笑声喧哗着
眼前的你轻轻挪了挪身子
像是要拂袖而去

（1993 年 9 月）

读书

——兼悼我所敬仰的前辈路遥

这些质朴的文字
从汗水里打捞出的谷物
我爱你们

穿过秋天空旷的田野
你们已直抵
农人勤劳的指端

农人酿造的米酒好不醇正
农人翻覆的心田
有大朵大朵的蓝花盛开

那些理想的花朵
任你轻轻拨开哪一瓣
都有淡淡的清香袭来

写作和种地是一回事么
每每站在你的地头
我只是想哭
我总像是第一次
见识了好庄稼

（1993 年 10 月）

一八九六年的李鸿章

一八九六年的李鸿章
高大苍老
锦袄宽袖
他的目光里透着
无奈的倔强和
惨淡的忧郁
而他却在人前
端端地坐着

老朽了病了
却不能倒下
大清的主心骨
许多场面
要他去撑
许多补丁
要他去补
许多吐出的口水
要他去擦

一八九六年的李鸿章
唤着随从
带着楠木棺材
上船了

上船就离岸了
离岸就远离了主子
主子放心着呐
这个老臣忠诚可靠
办事不走样

一八九六年的李鸿章
海上飘摇五十多天
他出海了
红海　地中海
他已垂垂老矣
年轻人出海
叫扬帆远航
他出海
叫孤舟蓑笠翁
蓑笠翁是要面对风雨的
一想到风雨
就抬着棺材出行
载着败势的隐忧
就像他
翻烂的《春秋》

一八九六年的李鸿章
以标致的小楷
在密约的尾页
签上自己的名字
他的手不曾抖动

他见过世面
他外表强大
他是朝廷重臣
他觉得日子没过好要振作
他觉得大厦将倾要擎着
他觉得密约是要讲诚信的
他觉得邻居是要讲和气的
他觉得贪欲是有头的

一八九六年的李鸿章
出了趟公差
北边的沙皇要加冕
加冕要办典礼
赴典礼是要送礼的
送礼有时
也不是自愿的

可李中堂
你受贿了吗
沙俄的档案里
一厢情愿地记着
三百万卢布的承诺
事关名节
不论怎样
大势已去
细节依旧重要

一八九六年的李鸿章
在戈登墓前献了花圈
戈登烧过圆明园
戈登杀过太平军
戈登帮过李中堂

一八九六年的李鸿章
成了中国的品牌
唐人街张灯结彩
爱迪生亲自摄影
贵宾的礼遇
场面好大
可场面再大
也只是场面
欧美的报纸
只是热闹的符号
会面的元首
人前微笑
人后还是拿着指挥刀

一八九六年的李鸿章
发现了一个秘密
日本人精明着呐
跑到德国火炮厂
抄中国订单的数据
再请法国造舰船
条件是

只防中国火炮
只与中国海战

一八九六年的李鸿章
拖着老迈残躯
为大清争取
最后的挣扎
大英博物馆
再现了另一个敦煌
让他无地自容
让他额头冒汗

一八九六年的李鸿章
曾经心情大好
遥望京师一纸盟约
可保大清二十年无事
嘴上大方的俄皇
头顶双头鹰
一边头向西
一边头向东
久居贤良寺的李鸿章
不知会有黄俄罗斯

一八九六年的李鸿章
与沙皇打着太极
从圣彼得堡
打到莫斯科

前门拒狼
后室进虎
他引来了中东铁路

维　特

北极熊的队友
一只活跃的鹰
身在极寒之地
掠夺是他唯一的乐趣

沙俄职场的成功人士
交通大臣财政大臣
皇族的谋士与知己
信任是他精进的动力

维特西装革履
举止透着敬重和诡谲
李鸿章感受得到
维特言语坦承
带着对俄罗斯的忠诚
沙皇也感受得到

他是能想事的人
他是能做事的人
他的想法也可称作阳谋
牵动了一个大陆板块
他的想法看似做不到
偏偏做到了

就像有些事
任大清老臣苦苦挣扎
熬尽岁月，回望京师

嗜土的熊
磨人的鹰
从西伯利亚打到太平洋
彪悍的哥萨克是前锋

莎莉娃祭

美丽智慧的俄罗斯女人
年轻的铁路工程师
她的名字叫莎莉娃
学会勘测有什么好
远离祖国远离爱人
别了母亲别了舒适
那时的莎莉娃
自当婀娜
蓝眼秀发
达子香花般的年纪

大手笔开凿的大兴安岭隧道
冰天雪地里的血汗
深山峻岭里的苦累
几时能见天日呵
绵绵三公里
两侧开凿

设计是智力巡回的果实
莎莉娃的承担是种子
承担连着责任
此时俄罗斯的肩膀
飘过一双忧郁的眼睛

清澈如贝加尔湖
一丝含忍
隐而不露

精算交会的时间临近
莫非她计算失误
莎莉娃曼妙的身姿
迟疑在兴安岭的夜色中
迟疑在普希金
讴歌的白桦树旁
白纱巾白桦树
这异国跋涉的美丽女子
用两件道具
向这个世界谢幕

二十世纪刚刚晨光微露
宿营的人们仍在沉睡
打凿的声响渐近
掌子面透过一缕微光
交会呵贯通呵
都成了身后之事
就差那么一点点
花朵依旧绽放
就差那么一点点
桂冠戴在头上

我坚信传说终有出处

我坚信散落的红叶
终会有人记得
抑或是从前
抑或是现在

沙力站

中东铁路第二十七号小站
雅鲁河北岸沙力站
如今的乘降之所

草木丛生
得以逍遥
寂寥已是百年

莎莉娃
裙裾飘飘
容颜难觅

隧道石碑火车站
拆不掉扯不断的
永恒之链

造物自有安排
长夜当歌
尽可任人评说

无字碑

中国人意大利人俄罗斯人
凿隧道凿出的花岗岩
劳作的果实
兴安岭上无字碑

隧道坐标点之上
人的良知缅怀之心
强过北来的寒流
寒流起自西伯利亚

石碑立在半山坡
年轻的莎莉娃
至少还有一大半的路程
没有走完

从白桦的枝叶间望去
纤细挺拔
是何等刚强的女子
舍了此生浮尘

无字得以保全
无言得以久远

詹公天佑

一个名字可抵千军万马
一个名字可胜千言万语
詹公天佑

江山不幸
乱世铁蹄践踏
国人苦于心高技寡

八达岭居庸关
天险成就了巨匠
巨匠战胜了天险

细数山川历历
铺展的视野
跋涉苍茫大地

心碎于中东铁路
西伯利亚大雪飘飘
远东暗藏杀气

天下遭逢危机
猜想你隔世的心事
长城已不知有多长

面对山野和先贤
赞美最显苍白浅薄
匍匐在地的是那坚固的铁轨

考布切夫

摄影师考布切夫
随军记者考布切夫
拍下了伊藤博文
被刺的全过程

危险的时刻
尽显专业素质
他知道
失去就不会再回来

考布切夫开办了
中国第一家电影院
只播自己拍的影片

大雪如刀的黑龙江呵
蓄须的考布切夫
在暗房里独自劳作
劳作时
最贴近神的脉搏

因一间影院
被哈尔滨记得
因一部影片

被世界记得

五百尺的拷贝
叫日本人买走了
他知道
失去就不会再回来

老巴夺

老巴夺
是人名
老巴夺
是香烟

一对洋人兄弟
不远千里
来到哈尔滨
1898 年的哈尔滨
钱好赚吗

他们放下行李
放下忐忑
放下一筹莫展
扎到人群中
犹太人创业传奇
再次抒写

一间板皮房
一架纸嘴机
一群中国苦力
便是一座卷烟作坊

叼着大白杆
气派着呐
那时的哈尔滨
有人抽卷烟
有人抽土烟
有人抽不起烟

老巴夺做得好大
方圆几公里
都能闻到烟草的味道
老巴夺
是老外的食粮
中东铁路
成全了老巴夺

后来日俄打起来
俄国人少了
日本人多了
后来老巴夺兄弟
去法国养老
后来小老巴夺
也走了

如今的老巴夺
通了地铁
叫烟厂站
老巴夺已经很少有人抽了

詹姆斯·瓦特

对手脱帽致意
狡黠一笑
你此役的失败
已成定局

操作员，团队里
最基层的一环
在酩酊之后
揣着对手的大把钞票
弄坏你的蒸汽机

改良者与希望同在
阳光的庇护无处不在
蒸汽机终将驱动整个世界
格林诺克小镇终将
名震苏格兰

火车与轮船
奔向一个大陆又一个大陆
而统帅能工巧匠的瓦特
却永驻在电灯上
八瓦十瓦一百瓦
科学家到底让人怕是不怕

安重根

一、那是安重根

一八七九年
这一年爱因斯坦出生
这一年琉球变成了冲绳
这一年爱迪生点亮了
整个世界
这一年安重根出生了

朝鲜大儒的后人
胸脯长着七颗痣
状如北斗七星呵
长在脚底
可是会称王称雄的
长在身上
注定就是大义之士吗
美好的征兆
能否应验
应七应七
大喊一声安应七
敢随声而起的
那是安重根

爷爷名儒
父亲进士
偏爱舞枪弄棍
臂力惊人的
那是安重根

小时踏青
见到峭壁上
一支惊艳的花儿
就去折
折也没折到呵
就跌落悬崖
命运之手
让他抓住了
一株大树
他爬呀爬
大难不死
重见天日的
那是安重根

父亲得罪权贵
在天主教堂避难
人遇凶险
主就庇护
信仰的种子
无处不在
受洗入教

名为多默的
那是安重根

头扎红布
腰佩短枪
骑马打猎
十八九岁
豪爽义气的
那是安重根

身逢乱世
条约满天飞的乱世
举家迁往中国如何
团结朝侨
再谋大事如何
不是用脚投票
不是心血来潮
家族的走向
岂能轻举妄动
要多走走多看看

辞别病重的老父
山东呵上海呵
拜见贵族
阐述理想
贵族高贵着呐
他们也想救国

他们想法太多
他们牵绊太多
他们即使热血沸腾
也不是同道中人
彷徨失望于大上海的
那是安重根

回国回国
回到三千里江山的祖国
父亲已经病逝
父亲好着呐
任由他折腾
父亲好着呐
他养了个儿子
名叫安重根

变卖家产
兴办学校
妻子姐妹母亲
捐了金银首饰
替国还债
仗义疏财
为国献金的
那是安重根

高利贷怎么还得完呵
一个举着拳头的国家

让你用他的钱
然后告诉你
慢慢还
虽然利息高些
而后解散军队
而后逼宫朝廷

远赴海参崴
组建数千人的义军
独领五十人
跨过图们江
直击边防要塞
却又善待战俘的
那是安重根

遇日军奇袭
流散的勇士
三个人的部队
只能吃草根
只能啃树皮
危难之时
总有遮风避雨的
茅草屋
总有热茶热饭
捧到面前的祖孙俩
总有通往回程的近路
长途跋涉一个月

只剩皮包骨的
那是安重根

兵败后反思
反思再团结
十二人结盟
截断左手无名指
血书四字
大韩独立
断指明志
血掌祭旗
顶天立地的
那是安重根

读《史记》长大
知道刺客列传
知道擒贼擒王
誓言三年内成事
剑指伊藤博文的
那是安重根

这个日本重臣
这个日本人眼中的英雄
命中注定的仇家太多
自愿为他记账的人太多
而账迟早是要还的
百万军中

敢取上将首级的
那是安重根

英雄不问出处
经常凝视他相片的
不一定都是粉丝

日韩合并
已成定局
这个白胡子瘦老头
来哈尔滨做什么
来旅行
来就来
你登报做什么
一九零九年的初秋
打开纸制的传媒
里面和风细雨
一纸太平
却挡不住
背后的杀气腾腾

二、谋事哈尔滨

目标已定
目的地是哈尔滨
可盘缠去哪里筹措
他只是把枪

往贪官的桌上一拍
路费就有了
一百元钱
就是这场大戏的本钱

队友智慧
就是成功的开始
一个断指留八字胡的人
带着经商的朋友
再领着十六岁的翻译
十六岁呵
那时的孩子真成熟
三人行
前路茫茫
哈尔滨在等着他们

初冬的哈尔滨
迎来三个黑衣人
简陋的秦家岗桥
迎来一辆出租马车
列斯亚那街二十八号
迎来一场大戏的主角

第二天清晨
三人理发
三人照相
三人会朋友

异乡过客
别无异样

第三天清晨
哈尔滨公园
薄霜铺路
他们散步
散步就是密谋
散步就是潜伏者
思路的节奏

思路可以是出路
也可以是绝路
再找一名翻译
四个人的队伍更显牢固
这一天的安重根
徜徉在面包石小路
选好了未来的去处

三、友别蔡家沟

蔡家沟蔡家沟
因为钱不够
买不起去宽城子的车票
历史选择了蔡家沟

十六岁的翻译留下

其余三人上了火车
给青年人留条后路
善意的欺骗
也是一种保护

这个交会站
这个茶食店
列车到时
天亮不亮
车停不停
人下不下
都不确定

蔡家沟
能被人如此揣摩
当是有福之地
被人惦念
终归是好事
好朋友一辈子
一起干一件大事
算不算缘分

只能兵分两路
两个人留下见机行事
安重根重返哈尔滨
决定来自灵机一闪
决定就是冥冥中推开门

你必须要面对
接下来的一切

有时看似平常的分别
其实就是永别
有时看似永别
其实就是平常的分别

那么这次呢
有萍水相逢的兄弟
有旧时的好友玩伴
趁人不备
塞过去六颗子弹
弹头依旧锉成了十字纹

四、惊世之举

十月二十六日
还是清晨
清晨是行大事的良时
穿上旧西服
戴上鸭舌帽
手枪放在左口袋

八发子弹
八发锉着
十字纹的子弹

十字十字
是谁的惩罚

天降大雪
雪又停了
俄国兵戒备森严
俄国兵以为他是日本人
他去三等候车室喝茶

茶能怡情
茶能解忧
但乱世之秋
有谁能解国恨家仇
有谁能解儒将侠心

专列驶入
一个有身份的日本人
在中国
和一个俄国人见面
检阅是必然的

大家行注目礼
敢仰头走路
敢拄文明棍的
定是伊藤博文
这位日本当时的大脑
将一国之理

定为世界之理
真是岂有此理

安重根
走过候车大厅
走上月台
站在欢迎队伍
第二排
仍觉凉风拂面
仍觉礼数周到

绅士贵妇们高兴着呐
一生能得几回见
这全日本的荣光之臣
踏上了哈尔滨的土地

检阅彰显庄严
仪仗是武装的和平
这一来一回的路程
也有人叫一生

五米
人与人的距离
只有五米
谁比谁更高贵
谁比谁更卑微
大幕就要拉起

谁知道下一步
要发生什么

站台上的俄国兵
耳际有风带过
是子弹在飞
飞得畅快
飞得决绝

一颗
又一颗
再一颗
重要的事情
真的要来三遍吗
勃朗宁手枪
这精致的火器
犹如古时的干将莫邪
有了魂魄
起了灵性

刀光剑影
尚能斩人于马下
那么这稳稳的三枪呢
枪声震住了全场
时间凝固了

惊诧总在风雨后

子弹的轨迹指向谁
谁的躯体迎向子弹
初冬的哈尔滨
气压很低
初冬的哈尔滨
气场更是怪异

中弹捂伤口
本能的反应
一枪左肺
一枪左腰
一枪腹部

这见足世面的权贵
没有撕裂的叫喊
只有无奈的倒地
倒地不一定是失败
带血的倒地
可能就是一败涂地

伤者流血不止
他被抬上来时的列车
缘起缘灭
源自不该有的旅程

俄国医生
日本医生

哈尔滨最佳的医疗阵容
可死亡之翼
不偏袒任何人
不论你是
贫贱还是富有
显贵还是走卒

血流多了
命会不会也流没了
这朝鲜太子太师
杀人如麻的伊藤
权倾亚洲的伊藤
十几分钟的挣扎
抵过了往日的荣华

命丧中国
伊藤
你认还是不认

被捕时高呼
高丽亚乌拉
行事者的俄语很正宗
高丽亚乌拉
渗漏着海量的信息

请原谅我拙劣的叙述
我急于拨开迷雾

想看清事情的脉络
总之伊藤博文死了
这个曾经的热血青年
这个全日本景仰的人物
被三十一岁的朝鲜人
索了性命
稀里又糊涂

五、就义旅顺口

一族的英雄
一个人的战争
枪声有时就是话语权
枪声以后的日子
就是审讯
而今的故地
成了一所重点小学

十一天的哈埠之旅
结束了
旅顺监狱等着他呐

监狱里本无新鲜事
但新鲜的是
没有拷打
没有辱骂
喝热牛奶

吃上等米饭
睡四床棉被
东北冷着呐

给可敬的对手
起码的尊重
真的诚意十足吗
一丝暖意
掩不住
岛国兵的做作

新鲜的是
日本人请他题字
安重根答应了
时间在研墨间流走
英气挥洒在毫尖
两百多幅汉字书法
笔力遒劲
张张落款
摁着断指的手掌

残缺的手指
三千里地山河
残缺的手指
可比燃指铭心
三月二十六日午后
乍暖还寒

安重根一身素色
如一尊白色雕像
肃穆逼人
英雄自有来路
英雄自有归处

穿着母亲缝制的韩服就义
便是大孝之人呵
抗议就是乞讨
母亲的家书
决绝得让你心安
慈母叫你
大义而死

母亲大人呵
旅顺口
狮子口
吞噬了
你的儿呀

安重根怎能不名垂青史
日本人偷偷葬了他
日本人弄没了他的遗骸

安重根纪念馆

第一站台
两块大理石砖
标注着方位
行刺与被刺

老哈尔滨火车站
时针永远指向
九点三十分
有人莫名地不安

那个日本权臣
哈尔滨不欢迎你
脚刚踏上这片土地
就一命归西

贪婪与野心
告诉我们
枭雄不是英雄
再有本事
私心也不能太重

朝鲜族画家的画作
张力十足

义士的雕像
必将永驻

身后的孩子问母亲
那个人是谁
手指着墙上
白胡子老伯
母亲回答：
伏地魔

蔡家沟

有山有水的好地方
神秘低调的好地方
令人左顾右盼的好地方
这个地方叫蔡家沟
山叫珠尔山
水叫拉林河

蔡家沟
一幕话剧的分剧场
一场评书的第二回
那年初冬
哈尔滨的枪声
惊到了
小站周围的俄国兵

地下室的两个人
不惜暴露身份的庆祝
令人惊愕
被捕不可怕吗
被捕很光荣吗
被捕可是
吉凶不卜呵

蔡家沟
本是行事者的另一战场
一枚硬币的两面
非此即彼

大人物喜欢大场面
大事件与蔡家沟
擦身而过
火车专列
只在小站呼喊一声
就滑入沉沉的夜色

蔡家沟归于平静
蔡家沟躲过兵劫
蔡家沟躲过审讯
两位朝鲜过客
兴奋地高呼
杀敌成功
声音撑破了
小站屋顶

他们是配角
也可能成为主角
他们不怕死
假如那个日本老人
下车视察　或
如期停车　或

站在车门口透透风
然而
一切都只是假如

蔡家沟 蔡家沟
请记住他们的名字
一位 禹德淳
一位 曹道先
两个人
一把枪

第七辑 汉字

献　词

净土在何方
苦行的僧人我的兄长

莲花开在心上
布衣穿在身上
远方的天空
正闪着金色的微芒

那里显现着
盛唐时的祖国
郊野村寨
酒旗招摇
侠义之士遍布街巷

那时的诗歌
是百姓的粮食
那时的粮食
绝少有人糟蹋

净土在何方
苦行的僧人我的兄长

兽界的豺狼

正在转世为人
它们有着顶好的皮毛
吟唱好了歌的道人
飘忽而过
他是绝代的高手
他破衫破袍
他冷眼里
含着无奈的温情

净土在何方
所有美好的理想
在谁的心里
次第芬芳

（1993 年 10 月）

今夜兰草幽幽

走出如豆的灯光
去抚摸秋雨浸凉的夜

满月的长巷背着亮晶晶的水洼
八卦阵似地散着迷人的笑靥

人生从哭声开始又在哭声中结束
我游荡其间如昙花的凋零

第一次听到雨酣睡时的鼻息声
暖暖地飘来一阵舒畅

今夜兰草幽幽
我同忧郁握别

（1989 年 5 月）

书　店

穿行其间
那些隔岸的渔火
有如点缀残夜的星星

书就是书
纸制的框架
昭示着
与暗箭对抗时
闪亮的句子
也是一种力量

囊中羞涩的年代
大多数人站在外面
不像我们现在这样

（1990 年 2 月）

听　琴

丝毫觅不得
翩翩舞步的节奏
的确
我是音盲

可今晚
独步月光下
穿枝而过的琴声
分明让我撞见了
那位聋者
狂放不羁的另一面

一阵水声澎湃之后
万家灯火
一城月色

（1990 年 5 月）

编 辑

大同小异
试做过
方知不易

独当一面
可谓大将风度
过关斩将
最无奈华容道上
人情的箭矢

芒刺在背
只要愉悦他人
纵然四壁空空
才华搁置

当金子从细沙里
粲然而出
谁还会想到淘金人

（1991 年 10 月）

稿　酬

从邮局取出
然后
兑换邮票
送稿件上路
入海的泥牛
间或
也会冒出
尖尖犄角

失望伴着希望
鲜花盈手
我最爱
孤愤的那一朵

（1991 年 10 月）

前　缘

如果人世真的有轮回往复
那么，前世的前世
我定然是江南水乡
一所印刷作坊里忙碌的匠人
乡梓富庶
我却清贫
诗卷经文在散碎银两面前
划分着档次
悠悠三百首
浩浩百万卷
充栋的锦衣者真豪爽
离去时轻抖轿帘
一声吩咐
几车兑来的门面
开始打道回府

我不是卖炭翁
亦未遇黄衫儿
可我十指黑黑
日夜雕刻着父亲遗下的征战史
铁马金戈
二十四部人寰沧桑
尽管胶泥烧成的陶字很轻便

伸手即可排成贞观之治开元盛世
尽管善变的活版早大洋彼岸四百春秋
泥活字锡活字木活字好不辉煌
我也要一字一字地刻写
兴衰荣辱
岂能笑谈

夕阳返照青山
顾影自怜的
该不是胼手胝足的上古禹王
相传，他很爱家
天作棚，地当床
视洪水为强盗
一旦涌来
必治无疑
他无暇修整边幅
换来风流倜傥
他不讲山珍海味
换来脑满肠肥
击壤的颂歌
是从百姓的嘴里唱出去的
百姓的嘴胜过我手里的刻刀

伐竹于南山之巅
造纸在岚气渐散之后
麻头丝絮旧渔网
统统能铺展成狂草的背景

经史子集尽可一望而收
那叫两个壮汉哼唷哼唷
抬着奏章的东方朔呵
叩首叩首再叩首
陈民情于水火，苦心经营
他是文学家
他很诚恳
他用的是竹简
他本可以用帛的

我世代相依
凄风苦雨中立着的作坊呵

（1993 年 8 月）

别无选择

在嵌满银色字迹的
夜的天宇下
万物都被
薄薄的轻纱罩着
宁静而又深远

今夜，那些天上的星宿
是否还有七十二位
拂着髯髯的白须
坐镇南北
笑看这人间
诸多的不公与愚昧

今夜，祖国方正的汉字
闪着月亮的光辉
降临到千年以前
我那简陋的茅舍
母亲前屋织布
在为我换取衣食
我空摆一副笔墨
痴望窗外
青青的稻田和远山的雾霭
迷蒙了我的双眼

今夜，我急骤的字体
如父兄策马而归的蹄印
乃带着长城古道的风尘
我精神上的帝王
从来就是写着漂亮的辞章
做着光明的事的人

今夜，祖国银色的兵器
以剑为首
高悬于无遮拦的天空
剑气清寒
洁净如汹涌的冰排
此刻正向我的头顶漫来

我别无选择
我的爱人和诗歌
同乘一叶竹筏
在前世徐徐吹来的风中
在我的上游
裙裾飞扬

（1993 年 6 月）

炊　烟

炊烟撩我眼帘的时辰
我仿佛看见
一群凯旋的远征者，在不停地走
前面的绿意满是嘈杂的市声
而且越走越稀疏
路旁的罂粟，尽绽着粉色的媚颜
在与繁华接壤的路口
蓦地，他转过身来
多怪的念头
竟想解甲归田

桑梓真好
那儿有老母的安息之所
有乡亲们视若骨肉的息壤
穿着妻用满腔柔情纳出的布鞋
深知这脚应该站在哪里

炊烟唤归的旗语，袅袅婷婷
她以最淳朴的乡俗
迎接着返家的英雄
有如上古结绳的先民
在云霭中欢快地舞蹈

（1991 年 9 月）

流　人

宁古塔路不平
老卜奎风沙大
流人自古皆南来
南来的候鸟见识多
可哀鸣谁解
梦醒后雪片如刀

或可捐个监生
或可重整旗鼓
北中国足以扎根
北中国民智初启
丹顶鹤属于扎龙沼泽地
满眼芦苇荡
道不尽家事坎坷

昼尤短，夜尤长
五月脱裘，七月江冰
卜奎古驿路
雪融之际，暖也不是春
忍一时怎能再贬为奴
点卯刺面，王千哥鸟
不忍先飞

铅字铅字

铅字一个一个走到桌面上
这些训练有素的兵丁
一袭银铠，寒气逼人
威风了我不算宽的桌案
工闲时，这是我仅有的
一次运筹帷幄
兵丁身后泛亮的背景
是浩淼的大江吗
若敌兵天降
势必是背水一战呵
大江大江，领千古正气
淘浪涤沙

其实铅字与兵丁有什么关系
其实铅字与大江有什么关系
可我总觉得
耳畔剑器铿鸣涛声翻滚
那天地风云龙虎鸟蛇
八八六十四堆青石摆就的八阵图
附着几多魂魄
附着怎样的丹心
在液体的故园，岿然而立
八八六十四多吉祥的数字呵

武侯武侯挑灯布阵时
你的眼酸了吗

铅字是岳王坟前的古柏和冷杉
铅字是易水畔放舟的呼唤
铅字是稼轩拍遍的栏杆
铅字是太白神游的山川
铅字是苏武牧羊的气节
铅字是古来寒士的炊烟
铅字是一介书生的呐喊
铅字是沉默的标点
铅字是惊人的慨叹

与工作案对峙的那侧
占着车间三分之二的版图
那里有我的姐妹
在她们纤柔的掌指间
上万个素盔素甲的兵丁
军纪严整，八面威风
在铁盘上逐一昂首而立
最终她们捧起了铁盘
脸颊绯红
映着闪闪的星辉
她们兴奋得犹如
古长安烧制陶俑的匠人
任沾满泥浆的长衫怎样粗犷
也藏不住代父从军般的
娟娟女儿气

她们在排字吗
是马克·吐温排过的那种吗
是惠特曼排过的那种吗
是两厘米高的那种吗
就像串串残露欲滴的葡萄
就像颗颗爽人的石榴

她们在排字吗
一枚一枚细数着华年
华年是生命极致
在雪峰顶的粲然一笑
华年是最初最纯的爱和恨
华年的美不似
裙裾飘飘的飞天

铅字铅字
这些分分秒秒
吸吮着黑土地精髓的白桦
多像我们的苦乐年华

打马经过此地的翩翩猎手呵
请驻一驻足
你知道未经雕琢的桦皮书简吗
他们，自然芳香

（1992 年 6 月）

后　记

在铁轨的转弯处

沿着铁轨，我走出卜奎城，来到哈尔滨。沧桑的中东铁路，使我感知来路之苍茫厚重。

我家楼下有两座历史久远的东正教堂，记得第一次听到钟声鸣响，是在刚搬来的一个寂静午夜。一家三口在睡梦中爬起，趴在窗前，猜测是什么节日，什么主教莅临。这钟声让我想起了齐铁北局宅，那个靠近铁轨的二楼三阳的小屋，还有我幼时住过的日本人盖的铁路小黄楼。它们一个在铁道北，一个在铁道南。我在铁道南长大、上学、找工作，在铁道北娶妻、生女、过日子。也许，只有听着火车铿铿地在北局宅的铁道线驶过，我和妻子、女儿才觉得睡得更加安稳踏实。

火车奔向雪国，执着、决绝。或是前定，当我十五年后再次续写分行的文字，我只能站在北中国，痴望于铁轨蜿蜒的转弯处。我期待转弯，它充满变数。

灵魂的支点，可能从未偏移，只是碌碌的我寻不见罢了。分行的文字怎样才能成为真正的诗歌？浮沙之上，我该向哪儿张望？我看见文学给予我一个指向——沿着铁路走。是的，沿着他路会误入别人的殿堂。

生活依旧苟且，人到中年，父母老了，孩子大了。就像儿时坐着绿皮车，随着爸妈，攥着吃食，在汽笛声中望风景，逢风和则喜，遇雷电亦忧，看浮生自忙，谁弱谁强。每到一个小站，熙来攘往，有人上车，有人下车，这一进一停，便舍了一世光阴。

感谢师长、朋友们一路的倾心帮扶，你们是我每次跌倒后精进的动力。仰望大师的城堡，渺小如我，怎敢造次。作为后来者，我重拾并默守着基本的信仰。我是真诚的，我期待着……

许宇晟

2017年9月10日于哈尔滨